U0097423

古典詩歌研究彙刊

第十五輯

龔鵬程 主編

第 6 冊

陸游絕句研究

張　健　著

國家圖書館出版品預行編目資料

陸游絕句研究／張健 著 — 初版 — 新北市：花木蘭文化出版
社，2014〔民 103〕
目 18+210 面；17×24 公分
（古典詩歌研究彙刊 第十五輯：第 6 冊）
ISBN 978-986-322-594-2（精裝）
1.（宋）陸游 2.宋詩 3.絕句 4.詩評
820.91   103001195

ISBN-978-986-322-594-2

9 789863 225942

古典詩歌研究彙刊
第十五輯　第六冊   ISBN：978-986-322-594-2

陸游絕句研究

作　　者	張　健	
主　　編	龔鵬程	
總 編 輯	杜潔祥	
副總編輯	楊嘉樂	
編　　輯	許郁翎	
出　　版	花木蘭文化出版社	
社　　長	高小娟	
聯絡地址	235 新北市中和區中安街七二號十三樓	
	電話：02-2923-1455／傳眞：02-2923-1452	
網　　址	http://www.huamulan.tw 信箱 hml810518@gmail.com	
印　　刷	普羅文化出版廣告事業	
初　　版	2014 年 3 月	
定　　價	第十五輯 20 冊（精裝）新台幣 30,000 元	

陸游絕句研究

張　健　著

作者簡介

　　張健，著名詩人、散文家、評論家。

　　曾任台大中文系專任教授、外文研究所博士班教授、文化大學中文系專任教授、香港新亞研究所客座教授、馬來西亞新紀元學院中文系客座教授、武漢中南財經大學教授、中山大學、彰化師大、臺北藝術大學教授、藍星詩社主編、《現代文學》編輯委員、世界華文詩人協會創會理事、中國時報專欄作家、中央研究院中國文哲所訪問學人、文建會文藝創作班詩班主任、國家文藝獎、金鼎獎、金鐘獎、教育部文藝獎、中國時報文學獎等評審委員。現為台大中文系兼任教授。著有詩集、散文、小說、學術著作、傳記、影評等一百二十餘種。

提　　要

　　陸游是南宋的第一大詩人，就全宋而言，亦可列為第二（蘇軾第一），一生作詩一萬多首，現存九千三百多首，一向研究者都把陸游的詩當作宋詩的典範。

　　作者曾在三十餘年前著有《陸游》一書，現在再把陸氏比較不太受人重視的五言絕句、六言絕句、七言絕句分別抉取出來，分頭賞析、探究，以饗廣大讀者。

　　本書分上、下二編，上編為陸游的五絕和六絕；下編為陸游的七絕。分首探析之餘，更歸結若干評論語及歸納語，作為全書結論。

目

次

前　言

　　陸游（一一二五～一二一○，字務觀，號放翁，浙江山陰人）是南宋四大詩人之一，而且是南宋的第一詩人，就全宋而論，他也可以名列亞軍，甚至問鼎冠軍寶座。

　　譬如今人李日剛先生的《中國詩歌流變史》中，引用的陸游詩即有六十七首之多，遠勝名列第二、第三的范成大（三十八首）、蘇軾（二十五首），儼然以放翁爲宋代冠冕。丁國成、遲乃義的《歷代名詩一萬首》選了陸游的詩二七七首，名列第二的蘇軾只有一七七首。文復書局的《新編中國文學史》引述了陸游詩四十首，列名其後的范成大只有十首。上海古籍出版社的《古詩薈萃》選了陸游詩十四首，范成大十一首，蘇軾十首。舉一反三，可見陸游詩聲價的一般。

　　他的詩雖工巧，仍不失雅正，其內容包涵豐富，可比美蘇軾，其風格亦頗繁富，以豪放、工麗、平淡爲大宗。總量一萬多首，今存九千三百多首。

　　清人趙翼說：

　　「放翁以律詩見長，名章俊句，層見疊出，令人應接不暇。使事必切，屬對必工；無意不搜，而不落纖巧；無語不新，而不事塗澤，實古來詩家所未見也。」「其古體詩，才氣豪健，議論開闢，引用書卷，皆驅使出之，而非徒以數典爲能事。意在筆先，力透紙背，有麗

語而無險語，有豔詞而無淫詞，看似華藻，實則雅潔，看似奔放，實則謹嚴。」（《甌北詩話》卷六），可謂譽之不遺餘力。

近世研究陸游的學者絡繹不絕，本人指導的博士論文《陸游詩研究》（李致洙著，文史哲出版社）爲其中之一的成果。

但歷來很少注意陸游的絕句，本書即欲補此一缺。

本書分上下二編，上編專論其五絕與六絕之代表作，下編論他的七絕之代表作。

本書主要取材於顧佛影評註之《劍南詩鈔》（文馨出版社，民國六十四年一月），及錢仲聯之《劍南詩稿校注》（上海古籍出版社，2005年4月）。

上編　五絕與六絕

五　絕

一、泛瑞安江風濤貼然

俯仰兩青空，舟行明鏡中。蓬萊定不遠，正要一颶風。

（《評註劍南詩鈔》卷一，頁7）

按瑞安今屬浙江省永嘉市。

此詩原為一首即景詩，題目中已指明風平浪靜之境。

首二句用妙喻，可視作倒裝。一舟前行，水如明鏡，是第二句句意，卻是全詩之「起」。

第一句乃「承」：因在舟中，仰視則見真實之青空，俯視則見反映於水中之青空，故曰「兩青空」。絕句必須節儉文字，五絕尤然，故此句省略了動詞，但讀者仍可一目了然。

三句忽然一轉，但並非強出新境，乃由「舟行」引申而來。蓬萊不遠，乃是我（作者）之臆想，並非實景實況，正因如此，詩人偏要在句中加一「定」字，以堅持其想像。

四句由三句引出，謂要赴蓬萊仙山，正需一帆（颶）好風。

顧佛影眉批云：「三四有寄託。」大概意指人生雖有理想，仍須賴外力之輔助以達成之。所謂「萬事俱備，只欠東風。」可作為此二句之旁証。

其實仔細思量：蓬萊自遠，甚至渺不可及；而一帆風呢，在「風濤貼然」的現景下，恐怕也是可望而不可得！

二、梅花絕句之一

憶昔西戍日，夜宿仙人原。風吹野梅香，夢繞江南村。

（同上卷四，頁5）

首二句一氣貫下：「西戍」乃苦事，「仙人原」乃勝景，二者對看，自見弔詭之趣。

「風吹野梅香」是實寫，梅香正好扣緊仙人原。

四句直接由三句引出，卻又不落痕跡：由仙人原而梅香而夢，乃一脈相承；由「西戍」則下接「江南村」（放翁故里也）一正一反一合。

「夢繞」之「繞」乃成全詩句眼。

三、梅花絕句之二

低空銀一鉤，糁野玉三尺。愁絕水邊花，問人無消息。

（同上）

按顧氏評批云：「五言絕句，句調短促，最難見勝長。唐人猶有佳者，宋以後各家輒不經意。放翁集中亦極少。此題共十首，以此二首爲最精妙，亦興而非賦。」所謂「興而非賦」，意指不是寫實，乃是別有寓意。

首二句實寫風景：首句抒月，次月描雪，各用一個平凡的比喻，但「一鉤」、「三尺」卻別有趣致。

三句爲全詩魂魄：在月色下，在積雪中，梅花生長在水邊，本可自在自得，此時卻「愁絕」！

爲何愁絕？四句立即賦予的切的答案：問人而無消息！

花亦有情物，它們需要人間知音。平時也許有，此際卻未見一人。也許因爲夜深，也許由於雪濃。但那種寂寞孤獨之情，卻迴盪於月色雪光中，令人低徊不已。

此詩明是寫梅花，其實乃藉高潔之梅花寫照詩人自己寂寞的心。

四、古築城曲之一

　　築城聲酸嘶，漢月傍城低。白骨若不掩，高與長城齊。

（同上，頁 23）

　　首句實寫，以聲狀情。次句明是寫景，其實是興。漢月下臨邊塞，其情思如何？「傍城低」三字最爲婉約，使讀者如臨其境。

　　三、四句轉爲淒厲之音，但又不爲過甚。白骨遍野，是築城的犧牲者之遺骸，不說「遍地」，而說「高與長城齊」，力量更加一層。

　　首句由「築城」起興，末句以「長城」作結，環迴緊扣，自是一種作法。

五、古築城曲之二

　　長城高際天，三十萬人守。一日詔書來，扶蘇先授首。

（同上）

　　此詩借「築城」簡寫秦末歷史，二十字字字有力。

　　《史記・蒙恬傳》：「秦已併天下，乃使蒙恬將三十萬眾築長城……」此詩首二句將這一史實隱括其中，「高際天」三字不僅寫長城之雄偉，亦暗示築城者之辛苦。次句末字用「守」，爲了押韻，也說明築城者兼負守長城之重責大任。

　　三四句霍地一轉：始皇崩，趙高掌權，乃矯詔殺蒙恬輔弼的太子扶蘇。此十字本是寫實，卻因「一日」、「授首」之獨到經營，予讀者雷霆頓作之感。

　　長城、蒙恬、三十萬人、扶蘇，在此詩中隱然構成一生命共同體。

　　而與此對峙的，則是趙高集團！或者說：殘忍不可測的命運。

　　顧氏云：「四首亦猶人而有古樸之致。」其實就這一首而言，不僅是「古樸」，更是悲壯！

　　五絕二十字，不用花招，不用技巧，直抒史事，自成悲歌。

六、古築城曲之三

　　百丈築城身，千步掘城濠。咸陽三月火，始悔此徒勞。

（同上）

首二句對仗工巧，兼及城牆及城濠，百丈狀其高偉，千步寫其艱苦。

三句突然一轉：項羽在咸陽城內燒阿房宮，一燒燒了三個月。五字赤裸裸，不加虛字狀詞。讀之怵目驚心。

四句平實收結：長城之構築，勞民傷財，然似有助於社稷國家，如今咸陽一焚，一切歸於空虛：國破家亡，民不聊生。

一「悔」一「徒勞」，皆不可輕易讀過。

歷史與命運結合，每每捉弄人類。此二十字可抵得一篇史論。

七、古築城曲之四

> 嶧山訪秦碑，斷裂無完筆。惟有築城詞，哀怨如當日。

（同上，頁24）

按嶧山北有絕巖，秦始皇曾命李斯以篆書勒銘山嶺，名曰「書門」。杜甫詩：「嶧山之碑野火焚，棗木傳刻肥失眞。」陸游此詩，當由杜詩演繹而成。

首二句改變杜詩之「肥失眞」，可說是「換骨」之作。

後二句幽然一轉：「築城詞」是何人作，並不重要，重要的是：一股哀怨之氣，千古不泯。

四句「如當日」切題而醒目，此乃一大歷史之教訓。此二句乃跨行句（run-on line），因而使「築城詞」亦擬人化了。

八、夜歸

> 疎鐘渡水來，素月依林上。煙火認茅廬，故倚船篷望。

（卷四，頁45）

首句擬人化，甚爲生動。疎鐘，疏疏落落的鐘聲也。

次句以視覺意象配襯首句之聽覺意象：「依」字與「渡」字，俱爲句中眼。

三句明示此爲歸家人之詩。因爲夜色深濃，故只能憑藉煙火（炊煙）指認己家的茅廬。

四句令人恍然大悟，所謂夜歸，非步行，非騎馬，乃乘船而返。倚蓬而望，上承「認」，更配鐘聲月色。

「故」字連綴前後，亦自有功。

鐘聲、素月、煙火、茅廬、船篷，五意象一氣呵成。

九、路傍曲之一

　　冷飯雜沙礫，短褐蒙霜露。黃葉滿山郵，行人跨驢去。

（卷四，頁47，下同）

此詩信手拈來，卻直接涉及人之四要——食、衣、住、行。

首句「冷飯」，突兀而親切。

次句「短褐」，平實而真切。

「雜沙礫」、「蒙霜露」，俱凸顯旅人之勞累辛苦。

山郵，山中驛站，黃葉覆之繞之，旅人或曾投宿，或只路過，一片淒寂。

四句終於點出主角——行人，跨驢而去，是瀟灑，亦是寒傖，無馬無車無僕。

顧氏評以「王孟好句，咀味不盡。」吾以為近孟不近王。

十、路傍曲之二

　　淒涼路旁曲，朱門人不知。秋街槐葉落，正是斷腸時。

此詩直接把詩題亮出，且以淒涼二字形容之，似不如前首含蓄。

加上第二句，便略有老杜「朱門酒肉臭，路有凍死骨。」的意味，但畢竟稍為遜色。

「秋街」一句，上承前首之「黃葉滿山郵」，句法稍異，景物大體相似。

四句結得厚實，但仍欠蘊蓄。

二詩互相映照，互相補足。

十一、新秋之一

殘暑無多日，幽居近小江。酒醒中夜起，松月入山窗。

（卷四，頁 68）

此詩前二句亦可視作倒裝。主角（詩人）幽居於江邊，是人與地；殘暑無多，是時間。

三句似轉實承：是主角之生活一瞥。「中夜」遙承「殘暑」。「酒醒」實爲幽居一景。

四句全寫風景：窗外有固定之松樹，有偶來之月色。

「山」字應「幽居」，配襯「小江」。「窗」字爲內外交流之媒介。

暑、江、酒、松、月、窗，或抽象，或具體，一幅幽居圖於焉完成。

五絕每用畫中留白之技巧，此一例也。

十二、新秋之二

秋風昨夜來，聲滿梧桐樹。故人渺天末，此夕誰與度？

（同上）

首二句實寫秋景：秋風與梧桐皆爲主角。

三句一轉：由梧桐樹引申至「天末」，而思憶故人。「渺」字入神。

四句又轉爲平實：「此夕」上應「昨夜」，「誰與度」上扣「故人」。

首句之「來」，其實照應全詩。（風來人未來。）

十三、梅花

欲與梅爲友，常憂不稱渠。從今斷火食，飲水讀仙書。

（卷五，頁 12）

首二句一目了然，但自具非凡之風致。人不如梅，不如大自然之風物。此意真的值得吾人反思。在「欲」、「憂」之間，可容千言萬語。

三句似轉實承。既然憂慮不如梅花，深恐梅花「無友不如己者」，乃見賢思齊，且付諸實際。

斷火食是親近梅花的第一步。

飲水是第二步，此一步驟可與前者並行。

讀仙書（張籍詩有「自收靈藥讀仙書」）是第三步。

飲水清滌身體，讀仙書澄明心靈。如此一來，梅境或可庶幾矣。

此詩意境可配得上「雅人深致」四字

十四、春雨之一

擁被聽春雨，殘燈一點青。吾兒歸漸近，何處宿長亭？

（卷五，頁 17）

首句破題有味。

次句映襯有功。

三句一轉，更見人間情味。

四句一問，益增風致。

春雨、殘燈、吾兒、長亭，一脈相承。

在「擁被」與「何處」之間，多少濃情密意，讀者宜乎細細體會。

十五、春雨之二

湖上新春柳，搖搖欲喚人。多情今夜雨，先洗馬蹄塵。

（同上）

此詩表面上與前首互不相涉，但由四句端詳，似可合看。

首二句寫柳之多情，「搖搖欲喚人」，何等風味！

「多情」二字落在第三句之首，實可公用：此詩中有三個多情的角色：詩人（未明白呈現）、新柳、夜雨，而乃歸結於「先洗馬蹄塵」。吾兒初歸，風塵僕僕，多情之雨，先洗清馬蹄，再滋潤遊子思鄉之情！

柳、人、雨、馬，合而爲一矣。

十六、柳橋晚眺

小浦聞魚躍，橫林待鶴歸。閒雲不成雨，故傍碧山飛。

（卷五，頁 23）

這首詩猶如一幅圖畫。

首句寫魚，明明是視覺形象的「躍」，卻很自在的轉化爲聽覺——「聞」，蓋魚躍半空，自有聲響。

次句寫鶴,則以「待」字爲動詞,是期盼之意,似有似無。

二句以小浦、橫林爲背景,寫出水、陸二境之動物生態。

三句轉寫天上之景:「閒雲」恰好配合水中之魚、林中之鶴,鼎足爲三。雲不成雨,卻傍山飛,比起上二句的魚與鶴,更添一番風致。

此詩表面上沒有人,其實「聞」、「待」之主角呼之欲出。而後二句亦必有「觀者」。

小浦、橫林、碧山,躍、歸、飛,前後三景三動詞,調配得十分勻稱。

十七、幽事絕句

> 矮紙來吳下,長毫出宛陵。自書霜夜句,待寄剡中僧。
>
> (卷六,頁3~4)

因爲放翁在另兩首中也有「矮紙」,似可證明矮紙是宋代流行的一種文具,有如「小箋」。次句與此相對仗,林逋有云:「予頃得宛陵葛生所茹筆十餘筒,其中復得精妙者二三焉,用之如揮百勝之師。」可知宛陵產名筆。

三句似轉實承。霜夜,寒夜也,然與上文之矮紙、長毫,正成映襯,霜與紙、筆,色近意殊,然既爲書句,意亦近矣。

四句平實:剡中又和吳下、宛陵互相呼應。

僧與霜夜亦若有迴應。

顧氏曰:「未脫唐音。」蓋盛唐、中唐詩人偶作此類五絕也。

十八、春雨之一

> 春陰易成雨,客病不禁寒。又與梅花別,無因一倚欄。
>
> (卷六,頁6,下二首同。)

首二句自然成對,可視作流水對。因爲春陰成雨是因客病不禁寒是果。「客」是客居之意,亦可解作我爲旅客。

首二句實寫旅況,後二者繼之,但因「無因」二字,便多了一番週折。

與梅花告別，正和「春陰」春雨相應合，卻也添加了不禁寒的況味。

四句倚欄，乃合寫春陰成雨、病不禁寒、送別梅花三句之反應，但卻加上「無因」，乃是自反面說話。

無因實有因。

如此寫春雨，虛虛實實，境乃益勝。

十九、春雨之二

胸懷阮步兵，詩句謝宣城。今夕俱參透，焚香聽雨聲。

阮籍詩，《詩品》列上品，嘗爲三百斛酒求爲步兵校尉，固亂世雅人也。謝朓詩，連詩聖杜甫也佩服不已：「詩接謝宣城。」沈約曾推重其五言詩：「三百年來無此詩。」陸游亦宗仰二人，故有此詩之前二句：以「胸懷」、「詩句」對峙，可視爲互文。

三句石破天驚：一夕之間，參透二大詩人，何等快事，何等妙趣！

四句收得溫婉：焚香爲何？明爲聽雨聲，實爲膜拜阮、謝二大詩宗。

香、雨、詩、詩人，至此實已合而爲一矣。

二十、春雨之三

疎點空階雨，長明古殿燈。盧山岑寂夜，我是定中僧。

此詩終於表出春雨之地點：盧山。至此盧山勝景，亦爲詩篇助興矣。

戶外有空階之雨，室內有古殿之燈，放翁此夜正住在廟宇中，一目了然。「疎點」之平凡，正墊高「長明」之不凡。

三、四句收拾得高明。

三句寫出時空及氣氛，四句化己身爲僧侶。

不是要自我神化，只是要統合外在之氛圍與內心之感受。

不是春雨，不是岑寂夜，不是盧山廟宇，陸游決不會成僧。

二十一、書枕屏之一

　　　西域兜羅被，南番篤耨香。慣眠三丈日，不識五更霜。

　　（卷六，頁33）

　　枕屏之上，所書之詩，往往與睡眠有關，此首為一顯例。

　　兜羅之被，篤耨之香，不必深究，即知其舒暖、溫馨矣。

　　三句承而實轉。詩人眠此安樂窩，日上三竿，方悠然醒轉。「三丈」，夸飾也。五絕字少，故一句中省略多字。

　　四句謂五更時天已降霜，日中醒來之詩人，猶渾然不覺。「三丈」、「五更」恰恰至成了全詩對仗。

　　這是何等勝境！顧氏以「曲雅」二字評之，意謂曲折而優雅也。

　　這是睡眠詩中的上品。

二十二、書枕屏之二

　　　甘菊縫為枕，疎梅畫作屏。改詩眠未穩，聞雪夢中醒。

　　（同上）

　　此詩前二句的結構略同於前首：以二物為主體：甘菊枕，疎梅屏，而且把題目直接展示出來。菊、梅皆雅物也，似乎更勝前首之被與香。所不同的是：此二句中有動詞：「縫」、「畫」，不過縫與畫的主語很可能不同（一為詩人之夫人？一為詩人自己？）

　　三句一轉，展開新境，昨夜改詩，煞費心血，以致影響到睡眠。

　　四句直承三句：因為睡不穩，所以聽到窗外下雪聲，便由夢中驚醒了。

　　後二句的意境恰好與上一首相反：上一首是夜降霜而不覺，這首是夜下雪而驚醒。

　　二境同與枕屏結緣，互補互映。

二十三、凍坐

　　　湖海淒涼地，風霜慘淡天。吾其去道近，無酒亦陶然。

　　（卷六，頁56）

　　首二句擬一淒涼的境圍，下有湖海，上有風霜，天地俱涵矣。

三句一轉，令人詫然，顧氏說「三句腐語生新」，是耶非耶？

四句之合，才是全詩核心。原來這首詩所要營造的，乃是一種仁者（「去道近」）的陶然自得之境。

古來詩人，以酒自娛（如陶淵明），以酒成詩（如李白），但真正近道、得道之詩人，不需酒，仍然能悠然陶然。

首二句之造境，至此乃生大效。

二十四、古意之一

千金募戰士，萬里築長城。何時青塚月，卻照漢家營。

（同上）

首二句猶有「築城曲」之餘意。唯度出一「千金」，與「萬里」相對，而戰士與長城亦隱然對峙。

末二句以青塚對漢家，似對而不工切，但就意境而言，卻對得甚為工妙。

青塚，昭君墓也，亦可代表胡地，故以「胡」對「漢」，其實甚切。

三句句首用「何時」一詞，洩出多少不平、惆悵和無奈！就宏觀論，胡、漢皆為人類，同享一月，然則何必爭爭戰戰，何必築此長城？

此詩實為一篇濃縮的史論。

二十五、古意之二

夜泊武昌城，江流千丈清。寧為雁奴死，不作鶴媒生。

（同上）

首二句布設場景：武昌城，長江流——千丈清波。

後二句乃詩人言志之辭。雁群居，大雁居中，小雁圍之以司警，以防備狐與人來襲，謂之雁奴。又養鶴人家常養鶴數頭，以吸引野鶴來歸，謂之鶴媒。

陸游借此二物以言己志：寧為防衛尊長而死之雁奴，亦不願做為人誘物之鶴媒。此詩設想之佳，令人心折。而前二句之高城清流，不啻為此作背景，作旁襯。

二十六、湖山之一

　　湖上多甘井，磴泉尤得名。何時枕白石，靜聽轆轤聲。

　　（卷六，頁 57，下首同。）

　　《莊子》云：「甘井先竭。」意謂甘水之井，人爭汲之，故易涸竭。

　　首二句介紹磴泉——甘井之尤。

　　後二句乃作者想像之情境：枕白石於井側，聽女子用轆轤汲井水之聲音節奏，此乃人間一樂。

　　此詩單純而優美

二十七、湖山之二

　　淺井供茶竈，分流浣布紗。此泉吾所愛，百用給山家。

　　由此詩前二句看來，磴泉不止是甘井，更有「分流」可供浣滌布紗之用。一管飲食，一管衣物。故四句結以「百用給山家」。三句直說「吾所愛」，足以貫串前二句與末句。

　　此詩平平實實，無一虛語，亦無留白，故只能算是一首中品之作，稍乏詩情。

二十八、湖山之三

　　故堞無遺迹，蕭然數十家。茶煙映山起，酒斾傍隄斜。

　　（卷六，頁 58）

　　此詩稍稍拓展情境。

　　古老城牆其迹已渺，人家只剩數十，不免蕭條之感。一首二句由古而今，由遠而近。

　　三句抒寫實景——茶煙映山而起，酒旗傍隄斜插，好一幅鄉郊民樂圖！

　　此詩寫山邊人家，不似上二首寫甘井磴泉。但二首之末已亮出「山家」二字，可視作詩人轉移吟詠重點的一個關鍵詞。

　　「蕭然」與茶煙、酒斾之間，有一種辯証法的關係在焉。

二十九、湖山之四

汀月生眉黛，溪梅試額粧。幽閨原不出，莫道嫁彭郎。

（同上）

原註謂此詩乃記柳姑廟。

首二句謂柳姑眉如新月、以梅粧額，其美貌可想而知矣。

三句謂姑深居幽閨而不出門。所謂小姑獨處是也。

末句用蘇軾文典：「舟中賈客莫漫狂，小姑前年嫁彭郎。」是反用其意。

以此四句寫一未嫁之柳姑，似亦足矣。

三十、春寒之一

滔天來洚水，震瓦戰昆陽。此敵猶能禦，春寒不可當。

（卷六，頁60）

《孟子》：「《書》曰洚水儆予。」洚水，洪水也。

次句指漢光武與王莽兵大戰昆陽事。《後漢書·光武帝紀》：「莽兵大敗，會大雷風，屋瓦皆飛，雨下如注。」五字驪栝十六字。

三句一轉：謂上古之洪水，中古之劇戰，皆可以抵禦，只有當前的春寒，強悍可怕，人體不克當也。

此詩當然是運用了強烈的夸飾筆法，其效果如何，則不免見仁見智。

三十一、春寒之二

高樓墜綠珠，惡客碎珊瑚。未抵春寒夜，貧翁喪故襦。

（卷六，頁61）

此詩兩用晉人石崇之典：一為寵姬綠珠，為孫秀所垂涎，求之不得，乃矯詔收崇，綠珠跳樓而死。一為王愷以珊瑚樹高二尺餘示崇，崇以鐵如意擊碎之，愷怒，聲色俱厲，崇命左右取珊瑚樹高三四尺者六七株，如愷者甚眾。

一殉夫，一炫富，本無大關連。但巧在綠珠不僅是美女，其名字恍若綠色的珍珠，與紅色的珊瑚正成一對，代表世間稀寶。

三四句一轉：春寒夜之貧翁，喪一棉襖，更甚於失此二寶。亦夸飾也。

三十二、雜興之一

　　風雨雞喔喔，雪霜柏森森。獨居雖無友，二物感我深。

　　（《劍南詩稿校注》卷十五，頁 1198）

此詩淳熙十年九月作於山陰。

首二句用了五種大自然物事：風、雨、雪、霜、柏，以及一種動物——雞，又配合「喔喔」聲及「森森」之形容語，十字可當二十字用。

三句一抑，獨居無人間之友人。

四句綰合一、二句：所謂二物，即雞和柏樹（或柏林）。

三十三、雜興之二

　　萬物各有時，蟋蟀以秋鳴。我老自少眠，那得憎此聲。

　　（同上）

首句是引子，以格言或小哲理作引，是宋代詩人常用的方法。

二句承之。

三句一轉，說到自己身上來，漸顯親切。

四句合二句，微示喜惡。

此詩可改題為「蟋蟀」或「秋聲」。

三十四、雜興之三

　　漲水入我廬，萍葉黏半扉。日出水返壑，念汝何由歸？

　　（卷十五，頁 1199）

首句寫漲水，直截了當。是中景到近景。

次句用特寫鏡頭。「半扉」甚好。

三句一轉，轉得自然。

四句拋擲出去。讀者可不問「汝」是誰人，已在心中構成一若有若無的遠景。此句似合非合。

三十五、雜興之四

清霜染丹葉，秋晚粲如春。回首風吹盡，天公解戲人。

（同上）

首句霜、葉相配，一白一紅，色澤鮮明。

次句由首五字之秋意反轉，逆說「粲如春」。天造四季，本非絕對也。

三句一轉：紅葉吹盡。我回首，風做工。

四句乃合：天公遊戲人間，此不過其一小小技倆而已。

三十六、移花遇小雨喜甚為賦二十字

獨坐閑無事，燒香賦小詩。可憐清夜雨，及此種花時。

（卷十五，頁 1219）

此詩淳熙十年十月作於山陰。

首句淡說。

次句實述二動作。

三句一轉，可憐者可愛也，切題。

四句補述時間，兼顧題旨。

全詩用逆序寫法，效果卓然。

三十七、北窗

雲開見山雪，院靜聞松風。吏去曲肱臥，疑非塵世中。

（卷十九，頁 1510）

此詩淳熙十四年作於嚴州任所。

首句描景若畫。

次句以聽覺意象配襯之。

三句一轉：下班時悠閑自如。

四句更進一層：如仙如佛。

簡單的生活寫照，亦可臻妙境。

三十八、梅花絕句之一

　　　凜凜冰霜晨，皎皎風月夜。南山有飛仙，來結尋梅社。

　　（卷廿四，頁 1732）

　　此詩紹熙二年冬作於山陰。

　　首句破題而不顯著。

　　次句續之，相對互補。

　　此二句實爲後文佈局。

　　三句完全虛設。

　　四句補足之，主題乃昭顯。

　　寫梅若此，可謂玄妙矣

三十九、同題之二

　　　憶昔西戍日，夜宿僊人原。風吹野梅香，夢繞江南村。

　　（卷廿四，頁 1733）

　　首二句憶舊，在北方：仙人關在陝西鳳縣西一百里。

　　三句爲全詩核心。

　　四句又引申至江南。

　　此詩結構爲：

　　現在（江南）——過去（仙人原）——過去（夢繞江南）

四十、同題之三

　　　錦城梅花海，十里香不斷。醉帽插花歸，銀鞍萬人看。

　　（同上）

　　成都是放翁生命中時時難忘的地方，理由不止一二，但其風景如錦，應是首要因素。首句「梅花海」用喻直截而有效。

　　次句繼之，亦夠分量。

　　三句寫醉，仍不遺花。

　　四句以銀鞍益花，以萬人看爲醉帽添姿添勢。

　　讀到最後，似乎醉夫喧賓奪主（梅花）矣。

四十一、同題之四

　　低空銀一鈎，糁野玉三尺。愁絕水邊花，無人問消息。

　　（同上）

　　首句描月，用常喻。

　　次用寫雪，亦非奇巧。

　　然「銀」、「玉」二白相對，「一鈎」、「三尺」相伴，則神采自見。

　　三句終於推出主角，不說梅字，只云「水邊花」，卻以沉重的「愁絕」形容之，令人情緒為之一撼。

　　四句「無人問消息」，舉重若輕：人之孤獨與梅之寂寞，盡包此中矣。

四十二、同題之五

　　蘭荃古所貴，梅乃晚見稱。盛衰各有時，類非人力能。

　　（同上）

　　首句由反面破題。古之詩人若屈原，常並吟蘭荃，芳草也。

　　次句引出正面主角來，梅之受寵，或自林逋始（按唐人亦有吟之者），故云。

　　後二句歸結成小小哲理；不論人或萬物，盛衰有定時，非人力所能掌握，此天功也。

四十三、同題之六

　　子欲作梅詩，當造幽絕境。筆端有纖塵，正恐梅未肯。

　　（同上）

　　此詩別開生面，由梅花轉向梅花詩。

　　首二句正面說教：以「幽絕境」曉諭作詩者，實則正是讚梅。

　　三、四句逆說：若不能幽絕清高，則梅花必不肯受矣。

　　擬梅為人，自必為高人。

四十四、同題之七

　　清霜徹花骨，霜重骨欲折。我知造物意，遣子世味絕。

　　（卷廿四，頁1734）

此詩又另闢蹊徑。

首句說霜（是梅的另一分身）滲入花身。

次句霜重骨折，「欲」字入神。

三句一轉，扯出「造物」來，是採用遠拋法。

四句疑是倒裝句：「遣子絕世味」，孤寒絕世，別是一種人生典型。

四十五、同題之八

　　士窮知節義，木槁自芬芳。坐回萬物春，賴此一點香。

　　（同上）

首句用韓愈〈柳子厚墓誌銘〉：「士窮乃見節義。」而省略一字。

次句自擬五字說梅，而對仗穩妥。

三句一轉，石破天驚。

四句續成之。

木槁芬芳，凝為一點春色，此義尖新可感。

四十六、同題之九

　　南村花已繁，北塢殊未動。更賒一月期，待我醉春甕。

　　（同上）

首句實寫。

次句相對。

三句承而轉。

四句又說醉。

最後的梅香，為放翁助興也。

四十七、同題之十

　　山月縞中庭，幽人酒初醒。不是怯清寒，愁蹋梅花影。

　　（同上）

首句用陳與義〈春日〉：「憶看梅雪縞中庭。」七字變五字，又換卻上頭二字：原來「梅雪」稍落跡，換用「山月」更生色。

　　二句以己配之。

三句一轉，妙用反面說法。

四句「愁躋」二字，甚爲風雅。

以此壓軸，餘音繞樑。

四十八、題瑩上人二畫

天地又秋風，剡山憶剗中。孤舟幸閑著，借我訪支公。

（右剗剡）（卷廿四，頁 1743）

此詩紹熙三年春作於山陰。

瑩上人，卷二十二自注：「余昔在犍爲，……瑩上人輩，以秋晚來訪，樂飲旬日而去。」知其人乃蜀人，爲一畫家。

此畫描寫剗剡。爲陸游舊游之地。

以天地起興，神韻十足。

二句切題。

三句一轉，「幸閑著」甚爲瀟灑。

四句用典而眞切。支遁字道林，入剡中。王羲之在會稽，聞遁名，見之，乃定交。遁還剡，路由稽山，羲之詣遁，延往靈嘉寺。入沃洲嶺，建精舍。晚移石城山棲光寺。支公在此喻瑩上人。

四十九、同題之二

曉聽楓橋鐘，暮泊松江月。斯人亦可人，淡墨寫愁絕。

（右吳江）

吳江一絕乃楓橋之鐘，不過此與張繼詩有一曉一夜半之異。

二句以暮月配之。

三句直讚瑩上人。

四句「淡墨」說畫之特色，「愁絕」抒畫之氣氛。

五十、題庠闍黎二畫之一

秋山瘦嶙峋，秋水渺無津。如何草亭上，卻欠倚闌人？

（右秋景）（卷廿四，頁 1747）

此詩紹熙三年春作於山陰。庠闍黎不詳，應爲一高僧。

首二句詠畫中之景，山水俱全：「瘦」、「渺」似對非對，卻妙。

三句一轉。

四句足成之。亭中、闌干邊無人，是一憾，亦一種風流。

五十一、同題之二

溪上望前峯，巉巉千仞玉。渾舍喜翁歸，地爐煨芋熟。

（右雪景）（同上）

首二句寫雪中山景，二句之五字有神。

三句一轉，回到自身──翁。渾舍，猶言全家。

四句寫家中寫景。芋雖常物，合此五字，便有不少人間情味。

五十二、早春之一

舊學樊遲稼，新通《氾勝書》。

不成〈籌國論〉，且復愛吾廬。（卷廿七，頁 1876）

此詩紹熙四年春作於山陰。

《論語・子路》：「樊遲請學稼，子曰：吾不如老農。」

《氾勝書》，《漢書・藝文志》：「氾勝之十八篇。」原注：「成帝時爲議郎。」使教田三輔，有好田者師之，徙爲御史。

首二句合用二典，謂躬耕南畝之樂。

三句一轉，由反面說起：不能以此謀國之大計。

四句由反而合：治國不成，齊家可也。此用陶潛〈讀山海經〉句意：「眾鳥欣有託，吾亦愛吾廬。」

放翁晚年，真似淵明。

五十三、早春之二

具牛將犢行，野雉挾雌鳴。農事不可緩，閑人亦勸耕。

（卷廿七，頁 1877）

此詩亦寫農事，十分樸素。

首句一牛一犢，用「具」、「將」二動詞復增一「行」，甚真切。

二句用李白〈雉朝飛〉句意：「麥隴青青三月時，白雉朝飛挾兩雌。」

三、四句一意貫穿。

首二句設局，後二句展現主題。

五十四、早春之三

近陂牛湩白，遠浦鴨頭青。一櫂悠然去，東風吹酒醒。

（同上）

牛湩，牛乳也。首句寫地點，寫白色之牛乳。

二句句法全同：用李白〈襄陽歌〉：「遙看漢水鴨頭綠，恰似葡萄初釀醅。」

白、青（綠）相配，令人愉悅。

主角在第三句出現，一櫂悠然。

四句是主角的動態：由醉中醒來，而東風是他的良媒。

櫂爲黑色、灰色……可以讓讀者想像。

五十五、早春之四

西村一抹煙，柳弱小桃妍。要識春風處，先生拄杖前。

（卷廿七，頁 1877）

首二字示知地點，一如前首，以下鋪陳煙、柳、小桃，各以「一抹」、「弱」、「妍」形容之，眞可謂寫景之高手。

三句一轉，委婉動人。其實此一「東風」，亦可說是由前二句引介而來。

四句「先生」——主角終於亮相了。「拄杖」及「前」可視者二動詞合璧。

第四句可謂畫龍點睛。

五十六、癸丑七月二十七夜夢遊華嶽廟

驛樹秋風急，關城暮角悲。平生忠憤意，來拜華山祠。

（卷廿七，頁 1902）

此詩紹熙四年秋作於山陰。

華嶽廟，又名西嶽廟，在陝西華陰縣東五里。

前二句以二事物相對，實則包含四個意象：驛樹、秋風、關城、暮角。「急」、「悲」二狀詞代動詞。視覺、聽覺意象密密揉合。

三句一轉，又由自身說起。

四句合之。「來拜」二動詞合而為一。

末句始點出題意，放翁常用此法。可稱之為「圖窮匕現法」。

五十七、同題之二

牲碑偽正朝，祠祝虜衣冠。神亦豈堪此，出門山雨寒。

（同上）

牲碑云云，時華州久陷於金，故如此說。

此詩乃夜夢，正顯示陸游對中原之河山，日夕念念不忘也。

二句一轉，運用神明——華山之神。

四句用氣候——山雨寒作結，一股淒涼的氣氛直撲讀者。

五十八、久不得張漢州書

儘道三巴遠，那無一紙書？衰遲自難記，不是故人疎。

（卷廿九，頁 2002）

此詩紹熙五年春作於山陰。

張漢州，即張績，字秀長，紹熙二年前知漢州，六月為人論罷，主管建寧府武夷山沖佑觀。

張氏時居四川，故首句如此說。

次句似有責怪之意。

三句一百八十度一大轉：體諒對方衰老，記憶力不好了。

四句完足其諒解之忱。

全詩句式為：一句正，二句反，三、四句合。

五十九、縱筆

惰遊不能耕，心媿新春白。嘯傲茅三間，主人終勝客。

（卷卅一，頁 2098）

此詩作於紹熙五年冬，在山陰。

首二句謂自己雖在家鄉過著躬耕的生活，卻因懶惰而喜遊玩，故新春未用，至今猶白。

三句一轉，謂在三間茅屋間嘯傲自得。

四句謂爲三茅之主人，終勝昔日宦遊爲客也。

可見二句之「心愧」，只是說說罷了。

六十、縱筆之二

朝士腰下黃，山僧鼻端白。放翁俱笑汝，飽飯作閒客。

（同上）

首句「腰下黃」，謂繫金帶與佩金魚。

次句「鼻端白」：《楞嚴經》：「孫陀羅難陀即從座起，頂禮佛足，而白佛曰……世尊教我及俱絺羅，觀鼻端白。我初諦觀，經三七日，見鼻中氣，出入如煙，身心內明，圓洞世界，徧成虛淨，猶如琉璃，煙相漸銷，鼻息成白，心開漏盡，諸出入息，化爲光明，照十方界，得阿羅漢。」謂得阿羅漢道之光景。

首句說官，次句說僧。

三句一轉，放翁登場笑前述兩種人。

四句正說自己每日飽吃飯肴，作一閑客，比他們都自由逍遙。

六十一、縱筆之三

溫溫地爐紅，皎皎紙窗白。忽聞啄木聲，疑是敲門客。

（同上，頁 2099）

首二句一紅一白，相映成趣。地爐、紙窗，俱是農舍風光。

三句一轉，由外而內，啄木鳥聲傳入。

四句一疑，十分自然。其實放翁隱於農舍，甚少客來，如此一疑，陡添鄉居風味。

六十二、縱筆之四

雪晴蓼甲紅，雨足韭頭白；雖無萬錢具，野飯可留客。

首二句結構全同：前二字寫天候，後三字記一植物加一顏色字。

蓼甲，野荂，味辛香，因以調味。韭頭，韭荂頭。

三句用《晉書·何曾傳》：「日食萬錢，猶曰無下箸處。」反用之。

四句平實樸素，頗有人情味。

六十三、縱筆之五

　　小兒勿大勤，使汝髮早白；長爲南畝民，殊勝東閤客。

　　（同上）

此詩與前數首異調。

首句勸誡大兒子：不必太勤勞。

次句承之，謂太勤則頭髮易白。是疼惜兒子的話。

三句似轉實承：長爲南畝民，可說是自抒，也可說是交代兒子。

四句完足三句之意。東閤客，爲官宦也。

東閤：《漢書·公孫弘傳》：「封丞相弘爲平津侯。……於是起客館，開東閤以延賢人，與參謀議。」

六十四、夜歸

　　疎鐘渡水來，素月依林上。煙火認茅廬，故倚船篷望。

　　（卷卅二，頁 2139）

此時慶元元年春作於山陰。

首二句以聽覺配視覺。「渡」、「依」二動字精彩。

三句「認」字更佳。

四句之主語爲我。

四句主語全異，然綴合起來天衣無縫。

六十五、四月十三夜四更起讀書

　　七十未捐書，正恐死乃息。起挑窗下燈，度此風雨夕。

　　（卷卅二，頁 2154）

此詩慶元元年夏作於山陰。

首句謂自己一生迷戀書籍，至七十歲仍未改舊習。

次句說恐怕此習至死方罷。

三句是一轉，其實是承。

三、四句破題有致。

四句尤餘韻繞樑。

六十六、雨止行至門外戲作

簷雨收殘滴，溪雲弄晚晴。出門還浩歎，幾屐了吾生！

（卷卅三，頁 2214）

此詩慶元元年冬作於山陰。

首二句寫景，既對仗又勻稱。半晴半雨之景，本不易描寫，此十字甚為妥貼。

三句一轉：既破題又有所拓展。

四句更向前一步：此句似由《世說新語》中所載阮孚之語轉化而來：「一生能著幾兩屐！」

全詩風流自得，不是「戲作」！

六十七、南窗

身輕婚嫁畢，耳靜市朝疎。襪帶脫烏幘，一窗寬有餘。

（卷卅四，頁 2243）

《後漢書‧逸民向長傳》：「建武中，男女娶嫁既畢，勑斷家事勿相關，當如我死也。於是遂肆意與同好北海禽慶，俱遊五嶽名山，竟不知所終。」

首句用此典而簡要。

次句是倒裝句：疎遠市朝因而耳根清靜。

三句說徹底退隱。

四句說退隱後享一窗之景足矣。

全詩看似散落，實一以貫之。

六十八、朝飢食齋麵甚美戲作

一杯齋餺飥，老子腹膨脝。坐擁茅簷日，山茶未用烹。

（卷卅六，頁 2357）

此詩慶元四年春作於山陰。

餺飥：宋人稱湯餅為餺飥。

膨脝：大腹。

首二句說飲食。

三句一轉，盪開去。

四句又回到飲食上。

全詩一片田家風味。

六十九、同題之二

　　一杯虀餺飥，手自芼油蔥。天上蘇陀供，懸知未易同。

　　（卷卅六，頁 2358）

芼，菜也。首二句仍述飲食。

蘇陀味，佛經中作須陀飯，此天甘露食也。

儘管人食不如天食，吾鄉之食物，仍具獨特風味，仍然值得驕傲。

此詩詩意詩情較弱。

七十、新秋以窗裏人將它門前樹欲秋為韻作小詩

　　殘暑無多日，幽居近小江。酒醒中夜起，松月入山窗。

　　（卷卅七，頁 2385）

此詩慶元四年秋作於山陰。

首二句交代時地，似對非對，頗有風致。

三句一轉：又是「酒醒」，又是「夜起」。

四句只用二意象「松月」、「山窗」，以一動詞「入」自自然然串連之，卻有無限情味，餘音繞樑。

由「殘暑」到「小江」到松月、山窗，大自然的景象盡入讀者眼底。

七十一、同題之二

　　陸子江海人，所願守節死。潮生釣瀨邊，月落菱歌裏。

首句自抒，「陸子」乃循東坡「蘇子」舊例，既自尊又瀟灑。「江海人」別開生面，放翁當之無愧。

　　二句令人一詫：不是已經退休躬耕了嗎？怎麼還念念不忘為國「守節」？可見人說陸游是「愛國詩人」，一點也不錯！否則臨死也不會「示兒」以「但悲不見九州同」了！

　　但三句一轉，又回到「江海」了：潮生瀨邊、月落歌聲中，都是逍遙自在的田園生活之寫照！

七十二、同題之三

　　　　小智每自私，大患緣有身。孰能忘彼己？吾將友斯人。

　　　（卷卅七，頁 2386）

　　首句直陳人性。

　　次句引《老子》：「吾所以有大患者，為吾有身。」有身則有大患；生老病死，莫非大患（生或例外）。

　　如何破除小智、大患？三句乃標準答案：忘！忘人忘己忘身。

　　四句收結：我欲友能忘之高人！

　　此詩純為哲理詩，故有深長之詩意，相對地缺乏些詩情。

七十三、同題之四

　　　　野艇千錢買，明當泛渺茫。但能容一榼，家具不須將。

　　　（卷卅七，頁 2386）

　　首句直述，以野艇為本詩主角。

　　次句預告：「泛渺茫」瀟灑。

　　三句又是酒人之語：一榼可容美酒也。

　　四句是餘音：吾身逍遙，家具何用？

　　此詩比起上詩，詩意較郁。

七十四、同題之五

　　　　立朝紹興間，猶及見諸老。魂夢不可逢，丘墳閉秋草。

　　　（同上）

　　按陸游紹興中曾與傅崧卿、李光、曾幾、陳之茂、朱敦儒、黃祖舜、王葆、王師心等前輩交遊。同輩則有周必大、范成大、曾季貍、鄭樵、王十朋、韓元吉等。

首二句直陳。

三句示憾。

四句繼之。「閑」字有力，其中孕含無限辛酸。

七十五、同題之六

朝眞方捨杖，步月始開門。零落山花後，經旬掩綠樽。

（同上）

朝眞，道家語，猶佛家之坐禪，俗謂之打坐。

首句說我經年手不離杖，只有打坐時方釋手。

次句謂平日閉門不出，出門賞月時方開門。

三句一轉，亦可視作再承。山花零落，春已去矣。

四句一合：此際吾不復飲酒。「掩綠樽」是比較含蓄的說法。

七十六、同題之七

唐虞雖已遠，至道豈無傳？度日一編裏，懷人千載前。

（卷卅七，頁2387）

首二句相信至道永傳不朽，不因年代久遠而失落。

三、四句又抒讀書之樂。「度日一編裏」，猶言整天都在讀書。其實這畢竟是誇飾之語，因爲放翁同時還要小耕小憩（如打坐）呢。

「懷人千載前」，表示他不是讀死書，乃是藉此尙友古人，與古人交遊。

七十七、同題之八

秋風昨夜來，聲滿梧桐樹。故人渺天末，此夕誰與度？

（同上）

首句秋風來，擬人化。

次句「聲滿」，味足。梧桐葉最能傳遞秋聲。

三句一轉，思及故人，然遙不可及。古今詩人，都以爲秋天最惹相思。

四句足成三句之意。此一問也，悠悠千里。

七十八、同題之九

少年離婚宦，淡然本無欲。婆娑三畝園，自歎不曾足。

（同上）

首句指與唐琬被母命強迫離婚事。後半帶上「（離）宦」，其實稍嫌牽強，因爲放翁不仕之日，已屆中年。

三句轉而實承。如今婆娑三畝（不大）之田園。「婆娑」二字極爲美妙。

四句謂：足矣夠矣。「自歎」二字，不過稍事修飾而已。

七十九、北窗偶題

兩叢香百合，一架粉長春。堪笑龜堂老，歡然不記貧。

（卷卅八，頁 2479）

此詩慶元五年春作於山陰。

前二句寫兩種植物，長春即長春藤，又稱石鱗。

二句對仗工巧。

龜堂是放翁的書室名，三句乃自笑自嘲之語。

四句一小轉，歡喜，不記貧──不介意貧窮。

自笑之餘，實爲自詡。

八十、同題之二

曉晴林鵲喜，晝暖蜜蜂喧。我老詩情盡，逢春亦一言。

（同上）

首二句又用放翁的老模式：前二字記天候，後三字寫一動物之動態。

三句一轉：甚爲謙虛。

四句又一轉：逢春仍有詩也。

八十一、同題之三

簾外燕翩翩，歸時在社前。不辭飛渡海，來看賽豐年。

（同上）

此詩寫燕子，寫得栩栩如生。首二句尤好。

三句以下，頗見轉折。回來之後，喜看豐年節慶。

「不辭」二字甚有味。

八十二、前題之四

　　煙波兩鸂鶒，肯爲放翁來。菰米猶能給，蒼顏得屢開。

　　（同上）

鸂鶒，一名溪鴨，又名紫鴛鴦，左雄右雌，群伍不亂。

首句介紹主角，次句乃自詡之言。

三句實寫養鴨之飼料。

四句謂余甚喜悅。

全詩平實可喜。

八十三、夜坐

　　白首仍多病，青燈獨掩扉。雲低聞雁過，雨急待兒歸。

　　（卷四一，頁 2589）

此詩慶元五年冬作於山陰。

首二句說得自然，而似對非對。「白首」對「青燈」，是實對實，「多病」對「掩扉」，是虛對實。

三句寫景，有聲有形。

四句「雨急」平，「待兒歸」卻有突破。

八十四、新泉絕句二首之一

　　掃石陰雙松，岸巾穿萬竹。爾來又一奇，巖泉寒可掬。

　　（卷四四，頁 2744）

此詩慶元六年冬作於山陰。

首句兩動作，次句一動作，似對非對。

三句一轉，似乎補告前二句所述皆爲奇景。

四句畫龍點睛：「寒可掬」尤好。

八十五、同題之二

　　斟泉可瀹茗，就泉可洗藥。楚人曾未知，但謂纓可濯。

　　（同上）

　　首二句細言泉之功能：一茶一藥。

　　三四句用《孟子・離婁》典：「有孺子歌曰：『滄浪之水清兮，可以濯吾纓；滄浪之水濁兮，可以濯吾足。』」

　　這是從側面說：泉水至少有三四種功能，楚人只說二種，放翁代添二種。

八十六、題施武子所藏楊補之梅

　　補之寫生梅，至簡亦半樹；此幅獨不然，豈畫橫斜句？

　　（卷四五，頁 2789）

　　此詩嘉泰元年春作於山陰。施宿字武子，元之子。紹熙四年進士。慶元間知餘姚縣。楊補之字無咎，南昌人。水墨人物，學李伯時。梅竹松石水仙，筆法清淡閒野，爲世一絕。

　　首二句簡述楊補之的畫風。

　　後二者描寫此幅梅畫的特質，懷疑它是在畫林逋詩的意境：「疏影橫斜水清淺。」（〈梅花〉）

八十七、戲作絕句以唐人句終之

　　雨細穿梅塢，風和上柳橋。山居無曆日，今日是何朝？

　　（卷四六，頁 2809）

　　此詩嘉泰元年夏作於山陰。

　　柳橋，在紹興府東南二里。

　　首二句寫景入巧，梅塢、柳橋尤對得工整。柳橋爲昔人送別之地。

　　「山居無曆日」用唐人句，四句補足其意。

　　雖屬常景常情，仍覺卓有餘味。

八十八、同題之二

　　靜對煎茶竈，閒疏洗藥泉。回頭問童子，今夕是何年？

　　（同上，頁 2810）

一茶、一藥，似是晚年不可缺少之物，但十字依然經營得好。

三句一轉似一挫。

四句一揚爲合。

此詩意境與前首酷似。

八十九、物外雜題

市壚沽斗酒，獨酌復高歌。一笑語觀者，比君更事多。

（卷四六，頁 2826）

此詩嘉泰元年夏作於山陰。

首二句喝酒唱歌，老詩人的狂態如在目前。

三句似轉實承。笑語觀者！

四句說出所語之內容，竟是比各位經歷的世事多。

一副倚老賣老的姿態，令人忍俊不住。

九十、同題之二

當年下沔鄂，回首幾秋風？景物渾如昨，千帆落照中。

（卷四六，頁 2826）

下沔鄂指淳熙五年六月自四川東歸途中所經。

二句指不堪回首。

三句上承二句，又上應首句之「當年」。

四句「千帆落照中」極美，正對二句之「幾秋風」。

此詩渾然如畫如電影。

九十一、同題之三

曉入姑蘇市，閶門繫短篷。老人元不食，買餅飼山童。（同上）

此詩寫蘇州，首句直陳，次句閶門爲蘇州西門，繫舟於西門外，皆實寫。

三句自述人老不多食。

四句謂一時興起，買餅餌以餵山童，聊博童子一樂，自己亦分享其樂。

平實之至，平實中仍見情趣。

九十二、同題之四

　　送客停山步，尋僧立寺門。青鞋慣泥潦，卻愛雨昏昏。

　　（同上，頁 2827）

　　根據陸游〈晚聞庭樹鴉鳴有感〉自注：「鄉語謂湖山間小聚為山步。」

　　首二句可謂互文。客與僧小異，山步亦與寺門近似。

　　三句一轉，實亦承前二句：青鞋慣走泥濘地。

　　四句又一轉：偏愛雨昏昏之背景。

　　此詩正見放翁與人不同處。

九十三、同題之五

　　粉堞臨江渚，朱橋枕市樓。長吟策小蹇，又度一年秋。

　　（同上）

　　首二句描寫粉堞、朱橋兩種建築物，並明白交代它們的相關位置。

　　三句寫出放翁在以上建築物之間的活動：吟詩，騎驢。

　　四句補出時序。

　　前三句是畫。

九十四、同題之六

　　飼驢留野店，買藥入山城。興盡飄然去，無人識姓名。

　　（同上）

　　此詩又把驢、藥並舉。這段日子裏，放翁每把茶、藥、驢和書、酒並列，可見都是他生活中的重要物事。

　　野店、山城，也都是同一鄉村風味。

　　三句一轉：一興盡，二飄然而去。

　　四句再轉：無人識我，無人知我是誰，當然更不知我是詩人。

　　隱逸生活之妙境之一，就是在人間逍遙自在，沒人認識我。

九十五、同題之七

　　高城今曠野，比屋昔朱門。道上傳呼過，遙遙幾世孫？

　　（同上）

此詩寫滄海桑田之境界。

昔之高城已毀，今成一片曠野。

次句繼之，昔之朱門已拆，今成一排民宅。

三句一轉，有些詫異，但見道途上一群人傳呼而過。

四句再一轉：這些傳呼之人，愈行愈遠，莫非是我的孫子曾孫輩？

後二句有些詭譎，甚至我們可以誇張地說：有些超現實的意味。

九十六、同題之八

　　過市摩雙眼，驚嗟閱盛衰。朱樓倚霄漢，曾見始成時。

　　（卷四六，頁 2827）

首句用動詞「摩」，起得不凡。

次句重心在「閱盛衰」，但以「驚嗟」二字冠於其上，便別有情致。

如何閱盛衰？三、四句自會給我們一個答案。

不料那十字答案，只是輕描淡寫。

如今是一朱樓高倚雲霄。

當年始建築完成時，我曾親見。那如今又如何呢？

不再說了！

輕輕放下，反饒餘味。

九十七、過村舍

　　碓舍臨山路，牛欄隔草煙。問今何歲月，恐是結繩前。

　　（卷四六，頁 2828）

此詩嘉泰元年夏作於山陰，放翁時年七十七歲。

首句謂打米杵臼之屋，面臨山路。

次句以牛欄配襯，卻以朦朧的「草煙」相隔。

三句一轉，實亦承也。

問誰？問世人？或自問？今夕何夕，今年何年，人人可問，老人尤宜問之。

四句答得奇詭：恐怕是上古洪荒時代、結繩紀事之前。

妙哉！放翁已是羲皇上人乎？

九十八、秋興

　　秋風吹我夜，植杖溪橋側。木葉雖未凋，慘澹無顏色。

　　（卷四七，頁2856）

首句破題，「吹我夜」平而若奇。

次句實寫主角之情狀。

三句轉向秋光秋景：木葉尚未凋。

四句又一轉，未凋之木葉，其實已慘淡無色澤矣。

三四句顯然是一象徵，是放翁夫子自道。首句其實已露端倪。

九十九、秋興之二

　　功名不垂世，富貴但堪傷。底事杜陵老，時時矜省郎？（同上）

首二句乃哲理詩之規模：謂人生在世，功名富貴，均不可靠，甚至毫無價值。

三句一轉，竟以大詩人杜甫為例。

杜甫在〈宣政殿退朝晚出左掖〉、〈題省中壁〉、〈春宿左省〉等詩中，均言及其省郎生活。

一個左拾遺，有何矜貴，老杜竟吟之不已。以致陸游在四、五百年後，要向前輩詩人提出質疑了。

如此例証法，其實是逆說，力道頗強。

一百、秋興之三

　　秋暑勢已窮，風雨縱橫至。白鷺立清灘，與我俱得意。

　　（同上，頁2857）

此詩前二句順理成章。「風雨縱橫至」聲色俱王。

三句一轉，清新自然。

四句一合，令人驚喜。

試問得意於縱橫風雨中，是何境界！

一○一、秋興之四

胸中萬卷書，一字用不著。歸休始太息，竟是為農樂。(同上)

首二句痛快淋漓。一位書生，一位詩人，怡然吐出此十字，令人佩敬。

三句一轉有神。

四句之合，以「竟是」打頭，以「為農樂」收結，令人清醒。

全詩似疏實密。

一○二、秋興之五

酌酒桑陰下，〈邠風〉入醉歌。何須繩檢外，名教樂還多。

（同上）

首句一動作一地點，是為全詩布局。

《詩・邠風・七月》有「遵彼微行，爰求柔桑」、「蠶月條桑，取彼斧斨，以伐遠揚，猗彼女桑」等句。

以〈七月〉之什勻入醉歌，何等逍遙自在！

三句有教誨意。

四句合成之。

按《晉書・樂廣傳》：「王澄、胡母輔之等皆亦任放為達，或至裸體者，廣聞而笑曰：名教內自有樂地，何必乃爾！」

後二句將此典故重新鎔鑄，成為本詩主題。

一○三、雨寒戲作

掃園收橢葉，掊地甃磚爐。幸有藜烹粥，何慚紙作襦。

（卷四八，頁2902）

此詩嘉泰元年秋作於山陰。

雨中光景、掃園收葉，掊地砌塼爐。一外一內。

三句以「幸有」轉圜，烹粥，是一種享受。

四句以紙作襦，亦不嫌其寒酸。

此詩寫出一位老詩人安貧樂道、生趣盎然的情狀。

生活即是佳詩。

一○四、嘲梅未開

梅蕊如紅稻，中藏無盡香。何時來鼻境？更待幾番霜。

（卷四八，頁 2931）

此詩嘉泰元年冬作於山陰。

首句爲佳喻，次句補以實態。

三句之「鼻境」，或指「鼻識」——鼻根對香塵時所生之識也。

四句謂更待數年。

此詩題爲「嘲梅未開」，後二句具體呈現此一旨意——今年未開，明年、後年也未必開！

一○五、早梅

東塢梅初動，香來託意深。明知在籬外，行到卻難尋。

（卷四九，頁 2943）

此詩嘉泰元年冬作於山陰。

首句破題。

次句言香。「託意深」三字乃湊合語。

三句一轉。

四句「難尋」可補二句之失

一○六、縱筆

晨炊躬稼米，夜讀世藏書。俯仰無多媿，心知死有餘。

（卷四九，頁 2944）

此詩嘉泰元年冬作於山陰。

首句炊食，次讀書，二者應該是陸游生命中最重要的兩件事。

三句是承亦是轉：無愧。

四句是說死且無憾。

有食有書，無愧無憾。

一○七、縱筆之二

破囷供飯足，陋屋著身寬。小寨勤芻秣，時時一跨鞍。

（同上）

首二句寫清貧生活，一食一住，而以「足」、「寬」二狀詞收尾。

三、四句一轉，專寫他的小驢，勤食；騎驢的主人時時跨鞍緩行。

食、住、行俱全，只是省略了衣。

放翁生活詩隨手揮灑，往往自得其趣。

一○八、跋馮氏蘭亭

堂堂淮陰侯，夫豈噲等伍？放翁評此本，可作〈蘭亭〉祖。

（唐古石刻本。）（卷四九，頁 2957）

此詩嘉泰元年冬作於山陰。

馮氏所藏〈蘭亭〉二本，得之於昭德晁氏。陸游在嘉泰二年重午日跋李兼本〈蘭亭帖〉云：「近見馮達道所藏〈蘭亭〉，使人欲起拜，留觀百餘日，乃歸之。」

《史記·淮陰侯列傳》：「遂繫信至雒陽，赦信罪，以爲淮陰侯。……信常過樊將軍噲，噲跪拜送迎，言稱臣，曰，大王乃肯臨臣。信出門笑曰：生乃與噲等爲伍！」

首二句用淮陰侯韓信典，抒寫一種誰是知音的感慨。

三、四句切入正題，謂此本可爲〈蘭亭帖〉之祖，猶如人中之韓信。

此詩詩情稍薄。

一○九、同題之二

繭紙藏昭陵，千載不復見。此本得其骨，殊勝〈蘭亭〉面。

（同上，頁 2958）（山谷有句云：「俗書喜作〈蘭亭〉面。」）

桑世昌《蘭亭考》卷十詩後有游之跋：「右定武舊本〈蘭亭〉，骨氣卓然可見，不以流、湍、帶、右、天五字定眞贗也。」

秦觀〈書蘭亭敍後〉：「貞觀二十三年，高宗奉遺詔，以蘭亭入昭陵。」

首二句直述，由唐高宗即位到此年，一共四百多年，「千載」者，夸飾之詞也。

三、四句亦直抒，但「骨」、「面」相應，得一點詩趣。

一一○、雪夜

雪屋透窗明，風簾撼夜聲。披衣擁爐坐，忘卻在都城。

（卷五二，頁 3105）

此詩嘉泰二年冬作於臨安，時權任實錄院同修撰，共修國史。

首句謂雪透入窗，次句寫風聲。

三句寫本人實態。

四句寫忘：忘是陸游晚年詩主題之一。有時忘身世，此處忘都城。蓋此際有如鄉居時也。

一一一、題宣律師畫像

秀目大頭顱，英姿舉世無。平生一瓦缽，何處有天廚？

（卷五二，頁 3110）

此詩與前詩作於同時。

釋道宣，姓錢，丹徒人，依智顗律師受業。西明寺初成，詔宣充上座。撰《廣弘明集》等二百二十餘卷。

天廚六星在紫微宮東北維，近傳舍北百官廚。

首句描述大師的形貌，以眼、頭為代表。

二句正面讚譽之。

三句一轉：瓦缽而冠以「平生」，高僧面目如見。

四句謂天廚之遙，不可及也，而法師自得於人世，亦不稀罕也。

一一二、不如茅屋底

鑄印大如斗，佩劍長拄頤。不如茅屋底，睡到日高時。

（卷五九，頁 3436）

此詩嘉泰四年冬作於山陰，時放翁已八十歲。

首二句鑄印、佩劍，俱言功名富貴。

三句切題，一轉有力。

四句滿盈。

棄仕而隱，正愜游心。此一主題前後已表現了很多次。

一一三、同題之二

南伐踰銅柱,西征出玉關。不如茅屋底,高枕看青山。

(同上)

此詩主題與建構同前。

首二句重述自己的功業。

三句一轉。

四句「高枕看青山」更較前一首的「睡到日高時」來得風流有致。

一一四、同題之三

火齊堆盤起,珊瑚列庫藏。不如茅屋底,父子事耕桑。

(同上,頁 3437)

陸游常用「火齊」形容楊梅,典出韓愈〈永貞行〉:「火齊磊落堆金盤。」

珊瑚句暗用石崇與王愷炫富一典。

首二句言富有:由食物到寶藏。

三句仍轉。

四句平實而有味。

一一五、同題之四

列鼎賓筵盛,籠坊從騎都。不如茅屋底,醉倒喚兒呼。

(同上)

《舊唐書‧溫造傳》中引舒元褒奏疏語:「臣聞元和、長慶中,中丞行李不過半坊,今乃遠至兩坊,謂之籠街喝道。」

首二句具言官員筵會及行李之盛況。仍是說富貴之景象。

三句轉。

四句酒醉之外,更有天倫之樂。

以上四首,大同小異:異在四句:一睡,一看,一耕,一醉。

一一六、舍東四詠:疏籬

數掩圍柴荊,王維畫不成。尤憐月中影,特地起詩情。

(卷六一,頁 3510)

此詩開禧元年作於山陰。

李肇《國史補》：「王維畫品妙絕，於山水平遠尤工。」

首二句先破題，後贊述。二句分明是夸飾之詞。

三、四句寫月景，以「詩情」作結，未免太過平凡。且此二句與疏籬何干？

一一七、同題：松棚

　　松棚尋大地，客至共開顏。堪笑杜陵老，坐思千萬間。

　　（同上）

首句破題，次句示客。

三句一轉，用杜甫〈茅屋爲秋風所破歌〉：「安得廣廈千萬間，大庇天下寒士俱歡顏。」典，然是反用。

全詩意謂：一小小松棚足以庇蔭、待客，何必廣廈千萬間！

戲作之題，不必深究其合情合理與否。

一一八、盆池

　　寒溜初通後，新荷未長時。誰持大圓鏡，爲我照鬢眉？

　　（卷六一，頁3510）

首二句記述時間，兼表地景。

三句一轉：以大圓鏡喻盆池。

四句續成之，頗有風致。

一一九、小徑

　　環遶無十步，捷行財半之。安西九千里，自有著鞭時。

　　（卷六一，頁3511）

首二句明述小徑之邇道。

三句之安西，領龜茲、毗沙、疏勒、月支等八部落，幅員廣大，以此與小徑相對論。

四句五字，依依孃孃。

一二〇、幽事絕句

死生歸有命，榮悴出無心。苔井閑磨劍，松窗自斷琴。

（卷六五，頁 3664）

此詩開禧元年冬作於山陰。

首二句似乎爲《莊子・齊物論》主張之變調，以此表示放翁之達觀。

三句磨劍，四句斷琴，乃放翁悠閑、風雅生活之一瞥。

「幽事」二字，固包羅萬象也。

一二一、幽事絕句之二

昨夕風掀屋，今朝雨壞牆。雖知炊米盡，不廢野歌長。

（卷六五，頁 3664）

首二句寫不順利的生活情況。

三、四句謂人生自在自如，不因米盡而廢歌。

幽事，即幽境也。

一二二、同題之三

煙畦朝屬藥，雪澗夜淘丹。仄徑何曾嶮，單袍不覺寒。

（同上）

首二句爲練丹之士的行爲。

後二句乃敍述其生涯：不懼險徑，不畏單袍，是服藥淘丹的結果吧？

一二三、同題之四

新傳服氣訣，舊喜步虛吟。兒女不難棄，雪山何處深？

（卷六五，頁 3665）

服氣：《雲笈七籤》卷五七〈服氣精義論〉以下各篇及卷五八、五九、六十、六一、六二所載，皆服氣之訣。

步虛，道家飛巡虛空之術。

首二句說作者學道修道之情形。

三句謂塵世易棄。

四句似有懷疑之意：雲山是他所追尋的，「何處深」，重點在「何處」。

一二四、同題之五

客生聞吠犬，草茂有鳴蛙。日昳方炊飯，秋深始采茶。

（卷六五，頁 3665）

首二句細寫吠犬、鳴蛙，乃鄉居即景。

三句日晏炊飯，乃隨散生活之寫照。

四句與三句相輔。

懶懶散散的生活，誠亦幽事也。

一二五、春雨

片片紅梅落，纖纖綠草生。無端夜來雨，又礙出門行。

（卷六五，頁 3697）

此詩開禧二年春作於山陰。

首二句吟花草，不偏不倚。

三四句寫夜雨，歸結於礙人出門，亦是平素情事，亦是一種情調。

一二六、春雨之二

疎點空堦雨，長明古殿燈。盧山岑寂夜，我是定中僧。

（卷六五，頁 3697）

此詩與前詩作於同時。

首二句外雨內燈。

三句烘出盧山幽境來。

四句乾脆說我是僧人。

春雨萬能乎？

一二七、季夏雜興

蟻鬥知將雨，蟲鳴覺近秋。衰翁非愛酒，無計奈孤愁。

（卷六七，頁 3769）

首二句寫天象與動物的相互關連。

三句自稱衰翁，故意說自己不是愛酒。

四句謂飲酒乃解孤獨之愁。

首二句爲全詩造境，也是引子。

因前二景而引發孤愁及飲酒之動作。前後因果關係分明。

一二八、同題之二

　　巉巉瘦驢嶺，莽莽老牛坡。（嶺在施黔間，陂在汝州。）
　　四海均羈旅，何人感此詩？（同上）

首二句以二夾入動物之地名爲主體，對仗工整。

三句一轉，實由一嶺一陂引過來，五字令人興慨。

四句謂人人皆羈旅，卻不知有幾人讀我此詩而能眞正感應、感動。

一二九、同題之三

　　熟睡一炊頃，清談數刻間。未言能近道，要得暫身閑。
　　（同上）

首二句寫隱逸生活中的兩項情事：一獨處，一與人交往。

三曰未言，然或亦能近乎道。

四句身暫閑，又係「近道」之繼。

前、中、末互相呼應，亦動亦默。

一三〇、同題之四

　　疎泉澆藥壠，枕石聽松風。此樂慚專享，無因與客同。
　　（同上）

此詩首二句是放翁晚年絕句的基本套式：每句兩個意象：疎泉、藥壠、枕石、松風。此中可分二組：泉與風一組，壠與石一組，交錯歷落。

三句有些裝模作樣，但適可而止。

四句應是眞心話：無法與客人同享。

因爲澆泉、枕石，都是獨自的活動，另加一人，便不方便了。

一三一、夏夜暑毒不少解起坐庭中

　　窗間有螢過，枕上見星流。欲睡不堪熱，長歌起飯牛。

　　（同上）

　　此詩與前數詩作於同時。

　　首句螢、次句星，均爲大自然所賜之恩物，且均閃亮閃亮，配合在此，別具風致。

　　三句切題。

　　四句是一實寫的動作，卻令人覺得意外，不是品茗，不是乘涼，也不是餵貓，竟然是餵牛！

　　由此也可見放翁歸農之誠慤。

一三二、同題之二

　　風從高樹下，蟲抱短莎鳴。小據胡床坐，還扶拄杖行。

　　（同上，頁 3770）

　　此詩前二句又是同一模式：風、高樹、蟲、短莎，對仗得工。「抱短莎鳴」尤妙入毫巔。

　　三句平實。

　　四句輔之。

　　三、四句相映成趣，同時也把八十歲老詩人的日常生活鮮明地勾勒出來。

一三三、日用

　　舊好疎毛穎，新知得麴生。幽居無一事，枕臂聽松聲。

　　（卷六七，頁 3796）

　　此詩開禧二年秋作於山陰。

　　首句詠毛筆，次句詠好酒，一舊一新，兼包並容。

　　三句「無一事」，其實是反面夸飾。讀書、飲酒、寫字、耕園、飯牛……何一不是「幽事」！

　　四句擇一事表出而已。

　　前二均爲視覺形象，四句乃形、聲兼具。

一三四、日用之二

　　　　春穀灌園蔬，日長閑有餘。何妨忍揮汗，合藥施鄉閭。

　　　　（同上）

　　前句兩個動作，均屬老農者。

　　次句稍緩其節奏，其實又不免夸飾。

　　三句似抑實揚。

　　五句是本詩重心。

　　由穀到蔬到藥，農務全矣，而「閑有餘」正是爲「忍揮汗」、「施鄉閭」預留餘地。

一三五、日用之三

　　　　貧知藜糝美，渴愛粟漿酸。食少從奴去，人稀苦屋寬。

　　　　（同上）

　　此詩明看是四句分立，實則甚爲綿密。

　　「貧知」、「渴愛」句法清新。

　　藜糝、粟漿對都市中人來說，都富有新鮮感。

　　三句謂年老少食，且從奴去田中工作。

　　四句亦實寫：三間茅房，因爲家中人少，已覺其過於寬大矣。

一三六、日用之四

　　　　空舍封書篋，多年飽蠹魚。還家貧不死，讀盡舊藏書。

　　　　（卷六七，頁3797）

　　此詩其實可以逕題爲「讀書」。

　　首句「封」字出色，而空舍對書篋，亦有一種諧調之美。

　　二句平述，但「飽」字遙配「封」字，亦頗好。

　　三句「貧不死」乃夸飾之詞。

　　四句直述，暢快淋漓。「讀盡」爲全詩句中眼。

　　放翁老矣，然讀書人、詩人之陸游，仍活潑潑地，卓有生命力。

一三七、拄杖

　　　吾嘗評拄杖，妙處在輕堅。何日提攜汝，同登入峽船？

　　　（卷六八，頁 3815）

　　此詩開禧二年秋作於山陰。

　　陸游晚年，手不離杖，且時時吟見於詩中，此詩題為「拄杖」，更躍居主角地位。

　　全詩用擬人法，視拄杖為友人為小伴。

　　首二句為跨行句（run-on line），破題之餘，以二字描述其特質。

　　三句、四句亦為跨行句：在似乎話已說盡的時刻，突然說出攜汝登峽船的話來，令讀者感同身受，欣喜不已。

一三八、春早得雨

　　　春早得甘澍，村鄰喜欲狂。天公終老手，處處出新秧。

　　　（卷七十，頁 3917）

　　此詩開禧三年春作於山陰。

　　首句破題，以五字抵四字。

　　次句是人間反應。天人合一矣。

　　三句再轉回「天」上。「老手」極為親切，也甚為精準。

　　四句五字，字字可吟誦。「新秧」對上句的「老手」，更令讀者喜不自勝。

　　二十字簡易，卻足足寫盡春雨之喜情。

一三九、同題之二

　　　稻陂方渴雨，蠶箔卻憂寒。更有難知處，朱門惜牡丹。

　　　（同上）

　　首二句皆寫農家日常事：首句說稻田裏急須春雨，次句說蠶們怕寒。

　　三句有點故弄玄虛。

　　四句說出重點：牡丹的生長需要雨水，但雨水太多也不利它。

　　在敏感的讀者眼下，這四句裏其實潛藏了五種顏色。

一、黃色：稻。

二、白色：鷺。

三、綠色：桑葉。

四、紅色：朱門，可能是虛的。

五、淺紅色：牡丹。

一四〇、春晚

窗戶迎新燕，階除集乳鴉。欲知春已暮，地上亦無花。

（同上）

此詩亦與前二首作於同時。

首句窗戶在上，燕在飛翔。

次句階除在下，乳鴉停息。

三句為上下連結句。

四句以夸飾的方式說無花——春暮未必完全無花，至少有落花。

一四一、春晚之二

思與春為別，忽忽置一樽。明年尚強健，扶杖候柴門。

（同上）

首二句明朗，「春」被擬人化。

二句之「忽忽」有味。

三句其實是假設句——如果我明年身體仍然強健的話。

四句謂恭迎春天於柴門外。

一送一迎，情意殷殷；一樽一杖，勉成對峙。

一四二、早晴

老病常貪睡，蕭蕭厭雨聲。翩然兩烏鵲，為我報新晴。

（卷七一，頁 3959）

此詩開禧三年春作於山陰。

首句寫老來貪睡晏起。

次句為倒裝句：討厭蕭蕭雨聲。

三句一大轉，引出二位配角來：一隻烏鴉，一隻喜鵲。其翮翮之姿，固已足悅人。

四句與二句正相反對，「爲我」二字亦活。

烏、鵲有知，亦當欣慰。

一四三、對月

遠客厭征路，流年逢素秋。不知今夜月，還照幾人愁？

（卷七二，頁 4002）

此詩開禧三年秋作於山陰。

首二句說明秋天人在征途，著一「厭」字。

三句一轉，以月爲核心。

四句順理成章，但所照者非人身，乃人之愁情。

由厭到愁，由己到「幾人」。

所謂己愁人愁是也。

一四四、對月之二

草草治杯盤，三更有露寒。茆簷雖隱黲，終勝客中看。

（卷七二，頁 4003）

首句言酒食。

次句表時間及天候。

三句表明地點及特色。

四句說清楚是家居。

終結是說：客居不如家居，有酒有月聊勝於無。

一四五、山麓

草合路如線，偶隨樵子行。林間遇磐石，小憩看春畊。

（卷七六，頁 4150）

此詩嘉定元年夏作於山陰。

首句用喻生動。

次句補述原由。

三句實寫。

四句曲折，看人春耕，亦人生一樂也。

一四六、自貽

寒暑衣一稱，朝晡飯數匙。錢能禍撲滿，酒不負鴟夷。

（卷七六，頁4182）

此詩嘉定元年夏作於山陰。

鴟夷，酒器。揚雄〈酒箴〉：「鴟夷滑稽，腹如大壺。」

首二句謂衣食之儉。

三句「禍」字詼諧，在本詩中乃一抑。

四句用「酒不負」，亦幽默，然是正面說。

衣、食之外，有酒可傾，足矣！何必求取身外之物——金錢！

一四七、自貽之二

家風本韋布，生事但漁樵。慣就下鄉食，莫煩東閣招。（同上）

韋布，平民也。《晉書·阮籍傳》：「夫布衣韋帶之士。」

首二句並謂本為農漁之家。

下鄉：《史記·淮陰侯列傳》：「常數從其下鄉南昌亭長寄食。」

東閣，指官府。

後二句不過引申前二句句意：慣交下吏，不上結官府。

平凡的自述，謂之「自貽」，亦謙和之意也。

一四八、自貽之三

癡孫護雀雛，饞僕放池魚。懷藥問鄰疾，典衣收舊書。

（同上，頁4183）

此詩四句，乃說四件事，主角有三人：

首句癡孫護雀，次句饞僕放魚。一空一水。「癡」「饞」都運得妙。

三、四句乃述放翁自己的行為：一方面攜藥問慰鄰人之疾；一方面典衣收購書籍。

三人四事，水陸空俱全，而書與藥仍是暮年放翁的恩物。

一四九、自貽之四

退士憤驕虜，閑人憂早年。耄期身未病，貧困氣猶全。(同上)

退士，退隱之士也，陸游自指。閑人亦然。

首二句表示老翁雖已退隱，猶有二情：憂國憂民。

三句謂高年身健。

四句說貧困氣全：貧賤不能移也。

一人而四情，自貽中隱有自詡之意。

一五〇、雪

一夕山陰道，真成白玉京。衰殘失壯觀，擁被聽窗聲。

（卷八五，頁4539）

此詩嘉定二年冬作於山陰。

首二句直說大雪之景觀。李白〈經亂離後天恩流夜郎〉：「天上白玉京」。

三句寫自己病衰之狀，與上首之三句恰成對比。

四句寫衰翁臥牀之狀。

雪中景象，外內兼顧矣

一五一、采菊

秋花莫插鬢，雖好亦淒涼。采菊還接卻，空餘滿袖香。

（放翁集外詩：頁4579）

此詩寫作時地不詳。

首句「秋花」直指菊花。「莫插鬢」，是老人之口吻。

次句緊接前句：雖好，謂菊花本身；「淒涼」，謂人已老，以花插鬢，反增淒涼之感。

三句重新吟詠：「采菊」應「秋花」，「還接卻」則應「莫插鬢」。

四句似有轉圜之餘地：「滿袖香」寫出菊花之美好；「空餘」則示遺憾之意，乃直承首句之「莫插鬢」、三句之「還接卻」而來。

以上一百五十一首五絕，有五大特色：

一、言短意長。

二、情濃思遠。

三、流暢自然。

四、毫無枝蔓。

五、偶有凡作。

六　絕

一、六言

　　烏有翁邊賈酒，無何鄉裏尋花。

　　把定東風一笑，今年別是天涯。（卷三，頁41）

　　司馬相如賦中有「烏有先生」，此詩中濃縮爲「烏有翁」；「無何有之鄉」則省略二字爲「無何鄉」，恰成對仗。

　　賈酒、尋花，是雅俗共享的樂趣。

　　三句「把定東風」是一目，「一笑」又是一目，此二目正是放翁異於凡夫俗子之處。

　　四句大大方方作結：今年異於昔年，又別是一種生涯！

　　放翁乃一罕見的達人，在花、酒、風之間嫣然一笑，此是何等光景，何等情韻！

　　六言樸拙，但往往拙得有味；何況此詩之後二句已近於瀟灑。

二、感事六言

　　麥熟與人同喜，虜驕爲國私憂。

　　身似五更春夢，家如一宿山郵。（卷六，頁42）

　　首句麥熟是喜，此民生問題也；次句虜驕是憂，此國家社稷問題。人之大喜大憂，盡在此矣。

　　由此二目，引申而至三句、四句。

　　五更春夢，霎忽即逝；一宿山郵，住過即離。

　　末二句合看，無非是說人生短暫，家國亦不可久。

　　人在這個世界上，必有所眷戀，有所擔心，正正反反，不一而足。但就宏觀而論，人如恆河一沙，家如空中樓閣，可戀而不足戀。

三、夏日六言之一

　　　醉面貪承夕露，釣竿喜近秋風。

　　　借問孤舟何處，深入芙蕖浦中。（卷六，頁 67）

　　首句寫酒醉——醉於夕露下，次句寫釣魚——釣於秋風中。

　　到了三句，才使讀者恍然大悟：原來喝酒、釣魚是同時段發生的事，都在一葉孤舟中。

　　四句委婉的說明舟行之蹤跡——荷花浦中。

　　夕露、秋風、釣舟、荷花荷葉，一氣貫下，夏日之逍遙生活如畫幅般展露在眼前。

四、夏日六言之二

　　　溪漲清風拂面，月落繁星滿天。

　　　數隻船橫浦口，一聲笛起山前。（同上）

　　此詩首二句用密集的意象組合而成：溪、風、月、星，而拂面（我）與滿天（大自然）對擎，張力十足。

　　末二句以數隻船為視覺意象，以一聲笛為聽覺意象，並配以「浦口」、「山前」，密度稍薄，而詩意轉濃。

　　此詩明不見人，但「拂面」、「一聲笛」已隱示人跡了。

五、六言之一

　　　功名正恐不免，富貴酷非所須。

　　　鐵馬未平遼碣，釣船且醉江湖。（卷十六，頁 1241）

　　此詩淳熙十年十一月作於山陰。

　　首句和緩。

　　次句激切。

　　三句乃放翁終生大憾。

　　四句述放翁生平志趣。

　　四句並述己志，不偏不倚。

六、六言之二

　　　　噉飯一簞不盡，結廬環堵猶寬。

　　　　常得奉祠玉局，不須草詔金鑾。(同上)

　　首句用顏回一簞食一瓢飲典而稍加變化。

　　次句用陶潛「結廬在人境」而變化延伸之。

　　三句奉祠玉局觀，此觀在成都，東坡曾奉敕提舉成都玉局觀，然上表辭未赴，陸游則曾奉祠於此。此為一閒差。

　　四句謂不必再在朝中為官。

　　全詩寫晚年（五十九歲）半隱生涯。

七、六言之三

　　　　壯歲京華羈旅，暮年湖海清狂。

　　　　勿倚新知可樂，笑中白刃如霜。(卷十六，頁1242)

　　首二句說盡放翁大半生。由壯旅到暮狂。

　　三句自誡：新友不如故交。

　　四句用《新唐書‧李義府傳》：「時號義府笑中刀。」而強化之，是三句之延續。

　　後二句令讀者凜然。

八、愁坐忽思南鄭小益之間之一

　　　　當年蜀道秦關，萬里飄然往還。

　　　　酒病曾留西縣，眼明初見南山。(卷卅二，頁2153)

　　此詩慶元元年夏作於山陰。

　　西縣，在陝西興元府。

　　南山，即終南山，在長安縣南七十里。

　　此詩前後標出四地名。

　　首句蜀秦，四川、陝西，是放翁除了故鄉外涉足最多的地方。

　　另二地則均在中原（陝西為中心）之地。

　　以「飄然往還」、「酒病」、「眼明」貫穿之，生平往事乃見輪廓。

九、同題之二

籌筆門前芳草，回龍道上青山。

萬里猶能夢到，再遊未信天慳。(同上)

籌筆驛，在四川廣元縣北。

回龍寺，在四川利州城西十五里，唐僖宗避黃巢巡幸至此，因以回龍名之。

首二句舉二地以代亂離時代之旅程。

三句言己常夢見。

四句再遊，天亦允之。

全詩直寫生平遊蹤及懷思之忱。

十、六言雜興

世界菴摩勒果，聖賢優鉢曇華。

但解折衷六藝，何須和會三家。(卷五六，頁3295)

此詩嘉泰四年作於山陰。

《維摩詰所說經‧弟子品》：「吾見此釋伽牟尼佛上三千大千世界，如觀掌中菴摩勒果。」

《大般涅槃經》：「佛出世難如優鉢曇華。」

前二句用佛語說世界、聖賢及眾生。

三句自陳，守住儒術。

四句隱駁三教和合之說。

先揚佛家，後說儒宗，表明自己立場。

十一、同題之二

夢裏明明周孔，胸中歷歷唐虞。

欲盡致君事業，先求養氣功夫。(同上，頁3296)

此詩可說是放翁的道學詩。

首句周公孔子。

次句唐堯虞舜。

可謂兩類聖賢，齊被羅致。

三句用老杜「致君堯舜上」文典。

四句用孟子「吾善養吾浩然之氣」典。

救國救民，先須修身養性

十二、問題之三

　　語道無如孔孟，佛莊雖似非同。

　　倘有一人領會，何須客滿坐中。(同上)

首句明白尊儒。

次句可有二解：一、謂佛、道雖似而不同，二、謂佛、莊與儒家雖似而實不同。皆可說通。

三、四句一氣貫下：若有一友能領會此理，我不必廣交諸客矣。

全詩重點乃在首句。

十三、同題之四

　　失馬詎知非福，亡羊不妨補牢，病裏正須《周易》，

　　醉中卻要〈離騷〉。(同上)

首句、次句皆用古典典故，一出《淮南子‧人間訓》：塞上之人馬無故而亡入胡，人皆弔之，其父曰：「此何遽不能為福乎？」居數月，其馬將胡駿馬而歸。一出《戰國策‧楚策》：「亡羊而補牢，未為遲也。」

此二事並無綿密關連。泛言人生之理也。

三、四句指出放翁所愛之書，孔孟之外，首推《周易》、《楚辭》。一病一醉，亦不過聊為布局、設色而已矣！

十四、同題之五

　　舉足加劉公腹，引手捋孫郎鬚。

　　士氣日趨委靡，賴有二君掃除。(同上，頁 3297)

首句引用《後漢書》所載：嚴光與漢光武帝為故交，劉秀稱帝後邀之相聚，夜間同臥，不慎以足加於帝腹，天文官晨奏：「客星犯帝座。」

次句出自《三國志‧吳志‧朱桓傳》注：「吳錄曰：桓奉觴曰：臣當遠去，願一捋陛下鬚，無所復恨。(孫) 權馮几前席，桓前捋鬚

日：臣今日眞可謂捋虎鬚也。權大笑。」

三句牽引至當下，謂今日士氣不振。

四句綰合前三，謂嚴光、朱桓，自有傲君之骨氣，可以振奮人心。

放翁眞乃善於讀史者。

十五、同題之六

廣平作〈梅花賦〉，少陵無海棠詩。

正自一時偶爾，俗人平地生疑。(同上)

首句出皮日休〈桃花賦序〉：「余嘗慕宋廣平之爲相，貞姿勁質，剛態毅狀，疑其鐵腸石心，不解吐婉媚辭。然覩其文而有〈梅花賦〉，清便富豔，得南朝徐庾體，殊不類其爲人也。」廣平，唐相宋璟之封號。

全詩謂宋璟作梅花詩，或一時興至（亦可能人本有雙性），杜甫未作海棠詩，也是偶然的事，不必大驚小怪，遽爾生疑。

起承轉合，井然有序。

十六、同題之七

瘦馬羸童道路，清泉白石山林。

常得有衣換酒，不愁無法燒金。(同上)

前二句連用六個相關的意象，構成一副圖畫，可說是馬致遠〈天淨沙〉的先聲。

三句有衣典當以沽酒，是逍遙人生的一例。

四句謂道教中人燒汞爲金，本不足憑信，故不必放在心上。

酒是人間一恩物，金錢無法比匹。

山水、旅遊、酒，有此三物，人生何復有缺！

十七、同題之八

一夜雨來可怖，五更雲散無餘。

傳舍僧窗雖異，不妨隨處觀書。(同上，頁3298)

首二句言大自然之變化，瞬息而異，不必執一而求，亦不必囿於「可怖」之情。

三句說旅舍、僧廟表面上雖不同，其實亦無大異。

四句，既懷此心，則處處是家，處處是書房，吾人自在觀書可也。

人間萬事，皆當作如是觀。

務觀一生之達觀，由此可見一斑。

十八、同題之九

　　熟讀大小〈止觀〉，精思內外〈黃庭〉。

　　直使超然有得，豈若淵源六經。（同上）

《大唐內典錄》卷十：「隋朝天台山修禪寺沙門釋智顗撰……《圓頓止觀》十卷，……《小止觀》兩卷。」

《黃庭內景》傳爲魏夫人著，梁丘子並注《黃庭內景玉經》一卷，《黃庭外景經》一卷。

首二句並述佛經、道經，「熟讀」、「精思」爲互文，適用於二者。

三句一抑，謂儘管誦思有心得。

四句一揚，不如熟讀六經。

此詩再強調放翁揚儒抑佛道之主張。

十九、感事六言

　　老去轉無餂計，醉來暫豁憂端。

　　雙鬢多年作雪，寸心至死如丹。（卷七六，頁 4165）

此詩嘉定元年夏作於山陰。

首二句簡述老年生涯。首句謙和，次句微狂。

其實是寫照其逍遙自得。

三、四句以「雪」、「丹」二喻細抒放翁晚年心境：雪鬢只是表象，丹心始是「眞我」。

二十、同題之二

　　黑犢養來純白，睡蛇死後安眠。

　　但有漉籬可賣，不妨到處隨緣。（同上）

首二句言世間物物相對之理，兼攝《周易》及《老子》之道。

《遺教經論》:「經曰,煩惱毒蛇,睡在汝心,譬如黑蚖,在汝室睡,當以持戒之鈎,早摒除之。睡蛇既出,乃可安眠。」

次句用此典其實稍為牽強,取其「安眠」之意耳。

三句用《景德傳燈錄》卷八典:「襄州居士龐蘊者,衡州衡陽人也。…;一女名靈照,常隨製竹漉籬,令鬻之以供朝夕。」

三、四句合為一句,說隨緣為生之可貴。

人間萬事,隨遇而安可也。

二十一、同題之三

五尺童知大義,三家市有公言。

但使一眠得熟,自餘萬事寧論!(同上)

此詩謂隨順自然,不必多言多論。與上一首的旨意近似。不過前首偏於行動,此首偏向言說。

首二句對得工巧,後二句的對仗亦好,雖有六七虛字,依舊自在悠然。

心如止水,則萬事不必多論。

二十二、同題之四

早歲已歸南陌,暮年常在東籬。

短衣幸能掩脛,長劍何須拄頤?(同上,頁4166)

陸游早年也曾隱居於鄉(四十二歲到四十五歲),晚年更徹底歸隱(五十六歲以後,偶領武夷祠祿,實乃虛職)。前二句述此。

五、四句謂安貧樂道,不復武事。

陸游本文武雙全之人才,至此真偃旗息鼓矣。

二十三、同題之五

高岸眼看為谷,寸根手種成陰。

一卷《楚騷》細讀,數行晉帖閑臨。(同上)

首二句言高者變低,小者變大。此《莊子・齊物論》之變調也。

既然如此,乃能看破人生。

三句似轉實承。

讀《楚辭》，臨王羲之帖，便是放翁晚年生活的重點寫照。

看破人生，故能自在生活。

二十四、同題之六

　　李白嶔崎歷落，嵇康潦倒粗疎。

　　生世當行所樂，巢山喜遂吾初。(同上)

李白〈上安州李長史書〉：「白，嶔崎歷落可笑人也。」

嵇康〈與山巨源絕交書〉：「足下舊知吾潦倒麤疎，不切事情。」

首二句雖各有出典，未嘗不可視作互文。

三句綰合上二句，行所欲行，樂所欲樂。

四句轉合併一：吾欲效李、嵇二位古人，巢山而居，遂吾初衷。

此義放翁詩中言之已多，唯文辭有異耳。

二十五、同題之七

　　有飯那思肉味，安居敢厭茅茨？

　　未論顏淵陋巷，老農自是吾師。(同上，頁4167)

首二句即「一簞食，一瓢飲，回也不改其樂。」之意旨。

三句直承而轉。

四句以老農為師，稍稍豁出去，亦為本詩主旨所在。

二十六、六言之一

　　滿帽秋風入剡，半帆寒日遊吳。

　　問子行裝何在，帶間笑指葫蘆。(卷八四，頁4509)

此詩嘉定二年秋作於山陰。

首二句憶述生平遊蹤，不過是取一二事以為驗証而已。

三句自問行裝何在。

四句自抒：我之行李，一葫蘆酒而已。雖是夸飾之語，仍覺爽神。

此人何等瀟灑，乃是世之「真旅人」。

二十七、六言之二

> 不慕生爲柱國，何須死向揚州。
>
> 但願此生無病，天台剡縣閑遊。（同上，頁4510）

生爲柱國，是做大官；死在揚州，是享大福，二者俱不易得。

「人生只合揚州死。」乃張祜〈縱遊淮南〉詩句，陸游曾在〈東齋偶書〉中自注「不死揚州死劍南」（卷十八）中誤記爲顧況之詩。

三句一轉，乃自述其老來願望：無病無災。

四句說出他的第二個願景，到離家不遠的天台山、剡縣閑遊。

旅遊是放翁一生的重要嗜好，至此嘉定二年（1209，放翁八十五歲）之際，猶不曾改變。因爲年老體衰，故願擇近而遊。

以上二十七首六言絕句有以下四個特色：

一、六言句短而近拙，但拙樸中有深厚感，放翁得之。

二、題材有寫景、抒情、言志、說理，甚爲多元。

三、晚年之作，多抒歸隱之志、隨緣之理。

四、多爲中品之作，偶有上品。

下編　七言絕句

一、看梅絕句之一

梅花樹下黃茅丘，古人尚能愛花不？

月淡煙深聽牧笛，死生常事不須愁。

首句由梅而樹而黃土丘，乃引申至次句，墳丘中之古人，如今尚能如生前之愛花否？

三四句拋開前意，在月色下聽笛聲，瀟灑自得，然後領悟到生死乃世間常事，大可不必爲之發愁。

四句與二句對應，題旨乃一一凸顯。

由梅而笛乃本詩主幹，看梅不是此作唯一的核心，讀者當自會心。

二、看梅絕句之二

荒陂十畝浴鳧鴨，折葦枯蒲寒意深。

何處得船滿載酒，醉時繫著古梅林。(同上)

首二句不是寫梅，卻佈設了一個很風雅的場景。其中雖有「荒陂十畝」、「折葦枯蒲」，而且結之以「寒意深」，但只「浴鳧鴨」三字，便生氣盎然，化枯爲盈。

三句一轉，卻擺了個優雅的姿勢——「何處得船」，也可說是賣了一個關子。

有船猶不足，更須「載酒」，且須「滿」。

末句終於圖窮匕現：由酒而醉，由醉而行船，結局是「繫著古梅林」，這時，才開始「看」，而且也不必細說了。此詩可謂別具一種作法，與上首成一對比。

三、平陽驛舍梅花

> 江路輕陰未成雨，梅花欲過半沾泥。
> 遠來不負東皇意，一絕清詩手自題。（卷一，頁7）

按平陽縣在今浙江省金華市。陸游為山陰縣人，此距其故鄉不遠。

首句示知作者由江路來此，輕陰未雨，最是佳景。顧氏亦云：「起句甚佳。」

二句「梅花欲過」者，梅花將凋已凋，故曰「半沾泥」——一半在枝頭、一半已凋落地面而沾泥矣。

三句一轉：謂自己此來不負東皇（春神）之心意，享受當前美景。

四句以賦詩題詩收結，雖不免落套，但「清詩」之「清」，仍暗示梅花之佳姿美韻。

四、東陽道中

> 風欹烏帽送輕寒，雨點春衫作碎斑。
> 小吏知人當著句，先安筆硯對溪山。（卷一，頁9）

此詩與前詩應作於同時同地。

「送輕寒」與「看梅絕句之二」的「寒意深」似而不似，陸游對於季候的感受甚為敏銳，而「寒意」、「輕寒」乃他常度之語。「風欹烏帽」四字，異常鮮活，不知不覺把風擬人化了。

次句更為生動，雨亦若人，點染春衫，形成若有若無之「碎斑」，二句對仗得自然。

三句一轉，由風、雨轉向於人——驛中小吏，知詩人來此，必當吟詩，故早已安排好筆硯，靜對溪山，只待詩人發興而書了。

顧氏曰：「極有情致。」甚洽。

五、東陽觀酴醾

福州正月把離杯，已見酴醾壓架開。

吳地春寒花漸晚，北歸一路摘香來。(同上)

這首詩記福州年初離別，一路北上歸鄉，在東陽既見晚梅，又見酴醾。「開到酴醾春事了」已是三月末了。

首句交代時空，福州是亞熱帶氣候，所以酴醾特持早開。「壓架開」，極度形容花勢之繁茂也。

三四句一轉：吳越今年春寒料峭，花亦因而晚開，一路享用香花美景，又見酴醾於東陽。

「一路摘香」，足見陸游爲一生活藝術家。

顧氏評曰：「自然蘊藉。」或可改爲「自然風流」。

六、買魚之一

臥沙細肋何由得？出水纖鱗卻易求。

一夏與僧同粥飯，朝來破戒醉新秋。(同上，頁 14)

此詩寫魚，而且不諱言「買」，顧氏曰：「兩詩絕似東坡，實不惡……」東坡亦愛寫生活中情事，賣茶、飲酒、食魚皆是。放翁一生受東坡影響，人人皆知也。

臥沙細肋是魚，出水纖鱗亦是魚，一易得，一難求，則取其易者。

三句似轉實承。今夏與僧同處，日夜粥飯，同桌而食。此中風味，出入僧俗之間，有不可言說之妙。

四句又是一小轉：爲魚爲僧爲粥飯，破戒一醉，醉於新秋佳辰中。

題爲「買魚」，實說今夏生涯。

七、買魚之二

兩京春薺論斤賣，江上鱸魚不直錢。

斫膾擣虀香滿屋，雨窗喚起醉中眠。(同上)

此詩與上一首意境極爲類似，只是增加了薺、虀、膾諸食物，(按膾亦魚也)。另外，隱藏了僧侶。

「論斤賣」、「不直錢」，何等凡俗，卻俗得好。

三句斫擣之餘，贏得「香滿屋」，亦妙趣也。

末句全似上首，但此為「雨窗」，此為喚起醉眠人（醉在昨夜），上首則為朝飲而醉。

魚、薺、罋、醉，合而為一矣。

八、悲秋

　　煙草淒迷八月秋，荒村絡緯戒衣裘。

　　道人大欠修行力，平地閒生爾許愁。（卷一，頁 15）

首句寫季候，七字入神，次句寫促織鳴秋，所謂「戒衣裘」，謂戒人穿裘衣。《禮記》：「童子不裘不帛。」

末二句自嘲：「道人」自指也。四句將「多愁善感」一成語化為七字，卻風致嫣然。

顧氏說：「三四超脫。」似不免誇張。

秋天到來，詩人難免悵然生愁。而促織又伴奏助興，乃書此以自解。

九、七月十四日夜觀月

　　不復微雲滓太清，浩然風露欲三更。

　　開簾一寄平生快，萬頃空江著月明。（卷一，頁 17）

首句用《世說新語》司馬道子戲謝景重語。微雲點綴天空，本是佳景，此處反用其意。次句正寫風露夜色。

三句一轉，仍有承意。「平生快」三字爽神之至。

四句七字，是詩亦是畫，空江月明，何等勝景！上綴「萬頃」，再加一動詞「著」，神韻十足。

在「一寄」與「萬頃」之間，千言萬語，盡在不言中矣。

首句「微雲」是虛，末句「月明」是實。虛虛實實，詩乃渾成。

十、宿楓橋

　　七年不到楓橋寺，客枕依然半夜鐘。

　　風月未須經感慨，巴山此去尚千重。（卷一頁 27）

　　陸游《蜀記》云：「六月十日宿楓橋寺，前唐人所謂『半夜鐘聲到客船。』者，十一日五更發楓橋。」此時爲乾道六年（1170），陸游四十六歲。閏五月十八日始啓程。十月二十七日抵夔州。

　　按張繼〈楓橋夜泊〉末句爲「夜半鐘聲到客船」，放翁誤記一字順，無傷大雅。

　　此楓橋寺即蘇州寒山寺，蓋入蜀之作也。船由蘇州出發。故末句說「巴山（在四川）此去尙千重。」

　　首句破題，明白磊落。

　　次句即由張繼詩意引發。

　　三句一轉，頗有新意：風月自在，豈必受人感慨而異耶？

　　末句收得實在。「千重」與「七年」，一時一空，前後對應。

十一、重陽

　　照江丹葉一林霜，折得黃花更斷腸。

　　商略此時須痛飲，細腰宮畔過重陽。（卷一，頁30）

　　首句一紅一白，相互映照，更有江水（碧色）爲襯。

　　次句再添一色──黃葉。然後洩出詩中之情感──斷腸。

　　三句一轉：欣賞此時美景，須以美酒爲輔！然則「斷腸」二字，不必重視矣。

　　《入蜀記》云：「九日挂帆抛江，行三十里，泊塔子磯，江濱大山也。自離鄂州至是，始見山。買羊置酒，蓋村夫以重九故屠一羊，諸舟買之，俄頃而盡。求菊花於江上人家，得數枝，芬馥可愛，爲之頹然逕醉。」可爲此句註腳。

　　塔子磯上有細腰宮，末句收拾切題。

十二、巴東遇小雨

　　暫借清溪伴釣翁，沙邊微雨濕孤篷。

　　從今詩在巴東縣，不屬灞橋風雪中。（卷一，頁34）

　　《入蜀記》云：「（九月）二十一日晚泊巴東縣，江山雄麗，大勝秭歸也。井色極蕭條，邑中才百餘戶，自令廨而下皆茅茨，了無片瓦。」

首二句運作了五個意象：清溪、釣翁、沙邊、微雨、孤篷。二動詞一虛：暫借，一實：（沾）溼。

三句四句不過是讚美巴東之景如詩如畫。放翁原有「灞橋風雪中」詠詩之什，以彼移此，或不免誇張。

十三、秋風亭拜寇公遺像

> 江上秋風宋玉悲，長官手自茸茅茨。
> 人生窮達誰能料，蠟淚成堆又一時。（卷一，頁34～35）

秋風亭在巴東長江左岸，北宋名臣寇準所建。

《入蜀記》云：「（九月）二十一日謁寇萊公祠堂，登秋風亭，下臨江山。是日重陰微雪，天氣颼飆，復觀亭名，使人悵然，有天涯流落之感。……（此亭）在縣廨廳事之後東。巴東了無一事，爲令者可以寢飯於亭中，其樂無涯。」

首句用杜詩「清秋宋玉悲」而綴以「江上」二字。

次句實寫，狀當地長官之閒與勤。

三句大轉：人生窮達難料，在寇準身上即可印証。

四句大合：眼見蠟淚即將成灰，不免弔古慨今。

顧氏云：「三四意絕深婉。」

全詩由秋風亭而聯想秋風、宋玉。二句長官或即指寇準，更添一層意思。

三句爲全詩主題所在，四句助勢耳。

十四、倚闌

> 故山未敢說歸期，十日相隨又別離。
> 小雨初收殘照晚，闌干西角立多時。（卷一，頁37）

古人多用闌干興歎，岳飛、辛棄疾皆不免如此。陸游爲辛之前輩友人，且爲文人中最有英雄氣的一位。此處雖未「醉拍欄干」，但婉約中仍蘊一二豪情。

入蜀多時，思鄉之念時時湧起，故有首句，「未敢」二字其實甚爲殷切。

次句謂友人來訪，十日相聚，至此又告別離。

三句寫景，小雨、殘照，自成畫圖。

四句謂闌干側邊佇立多時，別思依依。

「十日」、「多時」，亦遙相呼應。

十五、謝張廷老司理錄示山居詩

老覺人間萬事非，但思茆屋映疎籬。

秋衾已是饒歸夢，更讀山居二十詩。（卷一，頁38～39）

首二句泛寫，實則扣準張廷老與自己。

茅屋疏籬，最簡約之生活也。「萬事非」，是感慨亦近乎寫實。

三句復自抒，四句切題。

歸夢與山居二十詩之間，似疏實密。

此詩有餘不盡，未讚張詩一句，而讚意自在字裏行間。

十六、大安病酒留半日，王守復來招，不往，送酒解醒，因小飲江月館

江驛春醒半日留，更炊送酒爲扶頭。

柳花漠漠嘉陵岸，別是天涯一段愁。（卷一，頁42）

旅途中春醉小留，又有王守「送酒解醒」，又復飲，此中情味，妙不可言。姚合詩：「沽酒自扶頭。」扶頭而小飲也。

三句一轉：寫地寫景，烘襯「小飲江月館」。

四句泛結，用「天涯」用「愁」，可視爲熟句巧用。

十七、自三泉泛嘉陵至利州

日日遭途處處詩，書生活計絕堪悲。

江雪垂地灘風急，一似前年上峽時。（卷一，頁43）

此詩仍爲入蜀途中的作品。

遭途，難行不進之道路。首句之日日遭途，可視作雙關語：既指蜀道之難，亦隱喻人生道路的艱辛。但幸有下半句之「處處詩」彌補之，平衡之。蜀道雖難，風景亦佳；人生固辛，像放翁這樣達觀的詩人，便覺處處有詩情了。

二句卻自反面立說：書生勞碌，爲了生計，大半生奔波於道途之中，如何不可悲。

三句直寫當前景象：江雲垂地獨是詩，灘風急便是邅途了。

四句用回憶的語氣發音，似乎稍稍緩和了情緒和節奏。

此詩一半寫景，一半書慨，揉合得很自然。

十八、仙魚舖得仲高兄書

　　病酒今朝載卧輿，秋雲漠漠雨疎疎。

　　閬州城半仙魚舖，忽得山陰萬里書。（同上，頁44）

首句寫照自身的現況：因病酒而坐在轎子裏。

次句補述當日的氣候及天色：有雲有雨，但漠漠疎疎，正好映襯自己的心境。

三、四句破題：仙魚舖、山陰書，萬里之外，故人書來，恰好破解了漠漠的心情。

至於書中所道爲何，反倒不甚重要了。這裏也運用了有效的留白技巧。

十九、劍門道中遇微雨

　　衣上征塵雜酒痕，遠遊無處不銷魂。

　　此身合是詩人未？細雨騎驢入劍門。（卷二，頁2）

首句衣上、征塵、酒痕，加一動詞「雜」字，簡直就是放翁的一幅自畫像。前詩所謂「書生活計絕堪悲」，至此似乎紓解了一些。

次句更添興致：「遠遊」令人嚮往，「無處不銷魂」更是意趣十足。

三句一轉，故意設此一問，似是「此地無銀三百兩」，但在詩中仍添了一些波折。

「雨細」一作「細雨」，乃爲「騎驢」助興，入蜀之詩，至此而臻巔峯矣。「劍門」這一地名，在此渾然天成。騎驢之詩人乘雨入劍門，天下佳景之一也！

二十、能仁院前有石像丈餘蓋作大像時樣也

　　　江閣欲高三尺像，雲龕先定此規模。

　　　斜陽徙倚空長歎，嘗試成功自古無。（卷二，頁5）

　　首二句交代此一石像的大概情況，首句「欲高」說得有味。

　　三句以斜陽擬人，詩意盎然。

　　四句以物喻時世，說得淒絕。

　　顧氏云：「結局暗指時局而以蘊藉出之。」說來甚為平正。

二十一、醉中作

　　　駕鶴孤飛萬里風，偶然來憩大峨東。

　　　持杯露坐無人會，要看青天入酒中。（卷二，頁9）

　　首句「駕鶴孤飛」，全係幻想之辭，是白日夢。「萬里風」尤見陸游的滿腔壯志。

　　次句偶憩，返神入世。

　　三句切題，「無人會」其實與駕鶴孤飛一脈相承，是寫照自我的孤獨。

　　四句青天入酒杯，上承「萬里風」，下接「持杯」，是瀟灑之姿，也是無奈之情。

　　此詩最能看出放翁「高處不勝寒」的情懷。

　　顧佛影眉批「境高」。言簡意賅。

二十二、次韻周輔道中

　　　山靈喜我馬蹄聲，正用此時秋雨晴。

　　　日淡風斜江上路，蘆花也似柳花輕。（卷二，頁21，下同）

　　次句表天候，晴雨交加，秋色如畫。

　　首句山靈乃無中生有，喜者乃作者自己也。

　　三句再寫景，四句以蘆花輕柔繼成之。

　　馬（蹄）、雨晴、日淡、風斜、江路、蘆花，點綴得瀟瀟落落。山靈、柳花，雖然不得現形，也增添了若干有意思的趣致。

　　顧氏云：「輕秀之筆。」不止蘆花如此而已。

二十三、高秋亭

　　　　三日山中醉復醒，徑歸回首愧山靈。

　　　　從今惜取觀書眼，長看天西萬疊青。

　　首句雖寫日常生活中事，卻予人氣象萬千之感。

　　次句由揚而抑。「回首愧山靈」，又是虛設，卻幻而若實。

　　三句忽然一轉：吾爲儒生，讀書是事業，亦是宿業，如今在山中醉醒之餘，忽悟觀書固可貴，吾之雙眼更宜珍惜。

　　於是引出四句：少看書，不是嫌書，是要省下眼力來看西天之雲。

　　由「山中」到「天西」，乃一脈相承。

二十四、花時遍遊諸家園之一

　　　　看花南陌復東阡，曉露初乾日正妍。

　　　　走馬碧雞坊裏去，市人喚作海棠顚。（卷二，頁31，下同）

　　杜甫詩：「時出碧雞坊，西郊向草堂。」《益州記》：「成都之坊百有三十，第四曰碧雞坊。」坊在成都西南，是唐名妓薛濤住所。

　　首二句切題而抒：「南陌」、「東阡」，正是描述「諸家園」。

　　二句露乾日妍，景物之外，亦指示時間。

　　三句走馬碧雞坊，是俗亦是雅。

　　四句「海棠顚」，是說陸游入坊乃癡愛海棠。以市人口吻說出，別有風致。

二十五、同題之二

　　　　爲愛名花抵死狂，只愁風日損紅芳。

　　　　綠章夜奏通明殿，乞惜春陰護海棠。

　　首二句「抵死」、「只愁」使此詩成爲名作。憐花不必惜玉，依然不失風流。

　　通明殿：建隆初鳳翔居民張守眞一日朝禮玉皇大殿，觀其額曰「通明殿」，不曉其旨，眞君曰：「上帝在無上天之尊，常升金殿，光明通徹，無所不照，故爲通明殿。」

　　三句用通明殿典，乃配以「綠章」，妙合百花。

四句一乞，更添嫵媚。

陸游之愛花，梅花之外，首數海棠。

二十六、江瀆池納涼

雨過荒池藻荇香，月明如水浸胡牀。

天公作意憐羈客，乞與今年一夏涼。（卷二，頁38～39）

此詩全注目於一「涼」字。

首句雨、藻荇、香。

次句月、水、胡牀。

三句突破，著天公來管事。「作意」、「憐」一氣貫下。天公與羈客（我）為侶矣。

四句以「涼」作結，可謂順理成章。

前二句之寫景，全為第四句造氛圍。

山靈、玉帝之外，天公亦為陸游所用矣。

二十七、讀書

面骨崢嶸鬢欲疎，退藏只合臥蝸廬。

自嫌尚有人間意，射雉歸來夜讀書。（卷二，頁44）

此詩作於淳熙四年（1177年），放翁五十三歲，已有老態：故首句描寫，著力於面相及鬢髮。

次句抒隱退之心，臥蝸廬，狀其謙抑之態。

三句似轉實承。隱退之士，或有全無人間意興而出世者，放翁自覺不曾如此，「嫌」字用得可輕可重。

四句說出他生活中的兩件大事：射獵和讀書。

二者似乎平行，然而不然：一、題為「讀書」，二、「夜讀書」顯示一日中最重要的事情。

題為「讀書」，其實未寫讀書的情狀和細節。這也是運用留白的技巧。

二十八、采蓮

　　　　雲散青天挂玉鉤，石城艇子近新秋。

　　　　風鬟霧鬢歸來晚，忘卻荷花記得愁。（卷二，頁75）

　　此詩前二句純寫景。

　　首句雲、天、月。三者皆寫實。

　　次句石城、艇子、新秋。艇子實，石城、新秋半實半虛。

　　三句以風鬟霧鬢描寫晚歸的情狀，亦是另一種寫景。

　　四句「荷花」補景而「忘」，末以「愁」字作結。此一結法不免予人「為賦新詞強說愁」的感覺。

　　顧氏謂「神韻特佳」，是；「放翁少有此等細膩之句」，未必然也。

二十九、別建安

　　　　楚澤吳山已慣行，武夷從昔但聞名。

　　　　北巖小寺長汀驛，且喜遊山第一程。（卷三，頁3～4）

　　此詩作於五十五歲，陸游正南遊福建。建安在今福建省建甌縣。

　　首句是長年旅人的心聲。

　　次句指出此遊之目標。

　　北巖、小寺、長汀驛，三目實寫旅遊地之景物及建築，言簡意賅。

　　四句補說「第一程」，意興殊不淺也。

三十、宿北巖院

　　　　車馬紛紛送入朝，北巖燈火夜無聊。

　　　　中年到處難為別，也似初程宿壩橋。（卷三，頁4）

　　首句即興破題：人入朝，我入山。

　　次句寫初宿武夷山之光景。燈火──無聊。

　　三句一轉有力，堪稱放翁名句之一：五十五歲的放翁，早已歷盡滄桑，交遊亦頗廣，一別又別，故曰「到處難為別」。山中美景，更增無聊之情，益添別離之緒。

　　末句用岑參詩意：「初程莫早發，且宿壩橋頭。」而化之。

　　初旅一地，感受尤多。

三十一、月巖

幾年不作月巖遊，萬里重來已白頭。

雲外連娟何所似？平羌江上半輪秋。（卷三，頁5）

此詩爲淳熙六年冬陸游往撫州道中作於上饒。

按信州上饒縣有石橋山，一名月巖，在縣西三十五里。山中壑穴，猶虹橋然。外窺如畫，遠望如月。乾道二年放翁自隆興通判罷歸時，曾經此處，已十四年矣。

首二句意自了然。萬里白頭，感慨實深。

三句直描其景（遠望如月也）而以問句作收。

四句用李白詩：「峨眉山月半輪秋，影入平羌江水流。」顧氏曰：「用典巧合。」平羌江在此乃虛設語，「半輪秋」則套用太白而恰到好處。

三十二、月夜

不醉初醒月滿床，玉壺銀闕不勝涼。

天風忽送荷香過，一葉飄然憶故鄉。

（《劍南詩稿校注》卷十一，頁881）

首句平易而妙。

次句以「玉壺」、「銀闕」二喻承上句之「月滿床」，不勝涼是錯覺，因爲涼者乃天候，非關月亮。但感官之錯覺往往釀造美好的詩境。

天風才是涼之源頭，此時卻送來一宗禮物——荷香。妙在荷在地面，卻由天風送香。

四句又添一興：落葉——鄉思。

月光、涼意、天風、荷香、一葉、故鄉，串連得自然而佳好。

此詩亦作於淳熙六年，在建安。

三十三、采蓮之一

蘸水朱扉不上關，采蓮小舫夜深還。

一樽何處無風月，自是人生苦欠閑。（同上，頁883）

此詩與上首作於同時同地。

首句實說，「蘸水」二字甚巧。

次句寫出主體主題。

三、四兩句似乎脫題遠逸。

人生到處有風月（此時有風有月），但凡人勞勞碌碌，每欠空閒和悠閒之致。

由採蓮而感慨人生少閑，乃是自反面立說。

三句之首冠以「一樽」，若隱若現，卻是為風月作陪襯。

三十四、采蓮之二

> 帝青天映麴塵波，時有遊魚動綠荷。
> 回首家山又千里，不堪醉裏聽吳歌。（同上，頁883）

帝青，是帝釋之寶，為青色寶珠，此處乃以喻藍天。

麴衣，黃桑服，色如麴塵，像桑葉始生。麴、鞠二字通用。

首句謂天空照映池水，藍綠交輝。

次句實寫，「動」字生發。

三句一大轉：思鄉千里。

四句又醉，上承「一樽」。吳歌直承「家山」。「不堪」二字，似輕實重。

採蓮是引子，思鄉及自慨是主旨。

三十五、荔子絕句之一

> 驛騎星馳亦快哉！筠籠露溼手親開。
> 不應相與無平素，曾忝戎州刺史來。（同上，頁884）

此詩亦淳熙六年作於建安。

荔子即荔枝，福建盛產此物，後來劉克莊詩中亦常吟及此物。

驛騎星馳是楊貴妃典故：玉環嗜食荔枝，每以驛騎載此物星夜奔馳到京。

次句細寫貴妃得荔枝後之情狀。亦可指今人食荔之狀。

三句一轉謂己與荔枝有素緣。

四句具體說明：自己五十四歲春天曾任敍州（即戎州）牧。

此詩表白自己與荔枝之緣分：《郡國志》記敍州：「以荔枝爲業，植萬株，樹收一百五十斛。」

不過詩意略遜。

三十六、荔子絕句之二

放翁遊蜀十年間，病眼茫茫每嬾開。

怪底酒邊光景別，方紅江綠一時來。（同上，頁885）

江綠、方紅，俱爲莆田荔枝的名種。

首二句誇張描述自己在蜀十年（四十五歲到五十四歲）的情況。

然三句一轉，別開生面。因荔枝之出現，乃使酒邊光景爲之一異，病眼爲之一亮。

放翁時在福建，睹荔枝而重憶在蜀生活。

此詩意境略勝於前首。

三十七、試茶

北窗高臥鼾如雷，誰遣香茶挽夢回？

綠地毫甌雪花乳，不妨也道入閩來。（卷十一，頁893）

此詩亦作於淳熙六年，在建安。

首句寫試茶之背景，高臥之人鼻聲如雷。

次句雖用問句，實爲直陳：遣香茶可挽夢回神，茶可醒人也。

首二句合營，乃顯示閩茶之身分。

三句寫茶水及茶具。蔡襄《茶錄》：「茶色白，宜黑盞，建安所造者紺黑，紋如兔毫……最爲要用。」

四句謂閩茶有魅力，可引人入閩爲客。

此詩平平實實，好在其佈局。

三十八、莆陽餉荔子

江驛山程日夜馳，筠籠初拆露猶滋。

星毬皺玉雖奇品，終憶戎州綠荔枝。（同上）

此詩與上首作於同時。

范成大《吳船錄》卷下:「今天下荔枝,當以閩中為第一,閩中又以莆田陳家紫為最。」照說范成大與陸游同時,但放翁的看法顯然與范氏有異。

首二句寫莆陽荔枝運來時的情狀:「露猶滋」三字可抵數十言。

不料三句在「星毬皺玉」(用二喻)「奇品」之後,卻接綴了第四句:終憶戎州綠荔枝:當年放翁在四川戎州為官時所品嘗的另一品種。

此不如彼,說得明明白白。

三起一轉,效果卓然。

三十九、建州絕無芡意頗思之戲作

鄉國雞頭賣早秋,綠荷紅縷最風流。

建安城裏西風冷,白棗堆盤看卻愁。(同上,頁 894)

此詩亦作於淳熙六年,在建安。

建州,即建安。

芡,睡蓮科植物,子大而圓,與菱同類,青徐淮泗之間謂之芡(欠),南楚江淮之間謂之雞頭。

首句直述:「賣早秋」倒裝句法頗新穎。

次句描寫其形貌。

三句用天冷作配襯

四句「白棗」指形似芡的棗子。意謂棗不如芡,故頗思之。

二句「最風流」與四句「看卻愁」前後呼應。

四十、秋懷之一

暮年身世轉悠悠,又向天涯見早秋。

昨夜月明今夜雨,關人何事總成愁。(卷十一,頁 900)

此詩與上首作於同時

首句直陳胸臆:「悠悠」二字,十分含蓄。

次句明示時令——早秋,但「向天涯」三字,便添加不少風致,與首句「悠悠」遙應。

　　昨夜月色，今夜細雨，皆天候也，與人本無關係，但偏偏卻能使
人憂愁。

　　嚴格說來，三四句的意境與前句相違。

　　但詩人之心，本多變化：「悠悠」之中，亦不排除秋愁也。

四十一、秋懷之二

　　　　星斗闌干河漢流，建州風物更禁秋。

　　　　年來多病題詩嬾，付與鳴蛩替說愁。（卷十一，頁901）

　　首句將天上星斗與地上河漢並陳，蓋天河亦稱「河漢」也。

　　次句說明時地，「禁」字出色。

　　三句說己之懶。

　　四句引申其義，請鳴蛩代言，表我愁思。

　　由星而地而鳴蛩，放翁自在此中。

四十二、晝臥聞碾茶

　　　　小醉初消日未晡，幽窗吹破紫雲腴。

　　　　玉川七盌何須爾，銅碾聲中睡已無。（同上）

　　首兩句描述晝臥光景。首句以「小醉初消」切「臥」，以「日未
晡」述「晝」。

　　次句「幽窗」補述「臥」之位置，「破」字入神，「腴」字生動。

　　三句用盧全〈走筆謝孟諫議寄新茶〉「七椀喫不得也，唯覺兩腋
習習清風生。」文意而變化之。

　　四句「銅碾聲」切「碾茶」及「聞」。

　　「睡已無」補足「晝臥」意。

　　回顧三句，「何須爾」三字詼諧有趣。

四十三、別建安之一

　　　　三十年來雲水聲，常挑鉢袋繫行縢。

　　　　信緣不作癡巢窟，即是吾家無盡燈。（卷十一，頁906）

　　此詩作於淳熙六年九月奉召北上到建安時作。

水雲僧，佛家稱行腳僧，取行雲流水之意。

鉢袋，《毘奈耶雜事》：「時有蘇苾手擎鉢去，在路腳趺，鉢墮遂破。……佛言：應作鉢袋盛去。苾苾手攜，招過如上。佛言：不應手持而去，應少作襟掛肩持行。」次句隱栝此段文字為七字。

首二句描寫自己為和尚，自在自得。

三句似轉實承：既將離此，聊以自慰。

無盡燈：《維摩詰所說經》：「無盡燈者，譬如一燈，然百千燈，冥者皆明，明終不盡。」此處謂不沾不滯，即是悟道之方。

別詩如此，眞詩人也！

四十四、別建安之二

楚澤吳山已慣行，武夷從昔但聞名。

北巖小寺長汀驛，且喜遊山第一程。（同上，頁907）

首句即上首首句之意，但字面無一字相重。

次句有所突破，說明此次北上之行程。

三、四句再仔細注明。北巖寺在甌寧縣城北德勝坊，五代唐天成中所建。汀州長汀縣東有臨汀驛。

看三、四句，即知陸游雖是奉召北上，身不由己，卻懷抱遊山玩水的心情赴之，眞達人也！

四十五、別建安之三

欹帽揚鞭晚出城，驛亭燈火向人明。

多情葉上蕭蕭雨，更把新涼送客行。（同上，頁908）

前句描寫北行出發時情狀，很生動。

次句寫當時背景，由上句「晚」字引出。

三句一轉：另寫葉上之雨，卻逼出淒清之感。

四句又一小轉：新涼送客，是將蕭蕭雨擬人化了。

一次應召北行，以三首七絕抒寫得面面俱到，餘音繞樑。

四十六、黃亭夜雨

　　未到名山夢已新，千峰拔地玉嶙峋。

　　黃亭一夜風吹雨，似爲遊人洗俗塵。（同上，頁910）

　　此詩淳熙六年九月作於崇安縣境內。

　　首句名山應指武夷山，七字爽神。夢如何新？山神入夢，天地爲之一新！

　　二句以七字形容武夷勝景，字字著力，以玉爲借喻，常而不俗。

　　三句寫黃亭風雨，中間加一「吹」字而更見氣韻。

　　四句乃水到渠成。

　　遊人至此，亦如千峯之玉嶙峋矣。

四十七、泛舟武夷九曲溪至六曲或云灘急難上遂回之一

　　暮年腳力倦躋攀，借得扁舟臥看山。

　　怪怪奇奇何所似，綠蘿溪入下牢關。

　　此詩淳熙六年九月作於崇安縣。

　　武夷九曲：武夷山之九曲溪，發源於三保山，經曹墩，合周、杉二溪，過黃村，入武夷，盤繞山中約二十里。晴川一帶爲一曲，浴香潭以北爲二曲……過淺灘爲九曲。

　　首二句破題，兼述己之情況。二句借舟臥看山，別有趣致。

　　「怪怪奇奇」用韓愈〈送窮文〉中句：「不專一能，怪怪奇奇。」而所指稱完全不同，此用典之巧者。

　　《老學庵筆記》卷七：「夷陵縣治，下臨峽江名綠蘿溪。自此上泝，即上牢下牢關，皆山水清絕處。」因此四句之七字，全屬寫實。

　　反顧三句，則「何所似」三字有欲言復止之妙

四十八、同題之二

　　一葉凌風入硤來，山童指點幾崔嵬。

　　急流勇退平生意，正要船從半道回。（同上，頁913）

　　首句「一葉凌風」破題有神。

　　次句引出山童，不語若語，與上句一揚一抑。

三句一轉，把自己生平志概引入遊興中。

四句足成上句之意。

起承轉合，宛轉有迹。

四十九、崇安縣驛

驛外清江十里秋，雁聲初到荻花洲。

征車已駕晨窗白，殘燭依然伴客愁。（同上）

此詩與前二首作於同時。

崇安縣大安驛在縣西北石雄里。

首句「清江十里」，寫實而好。

次句補以雁聲及荻花洲，「初到」有致。

三句征車、晨窗、四句殘燭，乍看順序似乎顛倒，但妙在客愁綿綿，則殘燭亦已度過長夜矣。

五十、過建陽縣以雙鵝贈東觀道士……數日前大風吹墮船木數寸堅硬如石予偶得之……各賦一詩：雙鵝

閑泛晴波唼綠萍，卻衝微雨傍煙汀。

會稽內史如相遇，換取〈黃庭〉一卷經。（同上，頁914）

此詩淳熙六年九月作於建陽縣。

首句晴波綠萍，二動詞「泛」、「唼」、一狀詞「閑」，俱運用得恰到好處。

二句「衝微雨」、「傍煙汀」亦生動如畫。

三四句用王羲之與道士以一籠鵝換一帖黃庭經典，恰到好處。

五十一、墮木

斷崖幽洞白雲深，縹渺仙槎無古今。

飛下一峯相勞苦，卻疑天外有知音。（卷十一，頁915）

首句實寫：「斷」、「幽」、「深」一脈相承。

次句指「武夷險絕處有仙船架崖壁間」，由古代張騫故事引出。

三句指「仙船二隻，架於橫木之上，歲久不壞，仍曰仙船巖。」「飛下一峯」是實說，「相勞苦」是虛說。

四句神來之筆，乃無中生有，而提升了全詩境界。

五十二、紫谿驛（信州船山縣。）之一

它鄉異縣老何堪，短髮蕭蕭不滿簪。

旋買一尊持自賀，病身安穩到江南。（同上，頁915）

此詩淳熙六年九月作於鉛山道中。

首二句亦是自述當時狀況：老、異鄉、短髮，遠景近景俱全。

三句一轉極為有力：自賀中有自慰焉。

四句緊接三句，安安穩穩。所謂「江南」，當指故鄉。

此詩平實自在。

五十三、紫谿驛之二

雲外丹青萬仞梯，木陰合處子規啼。

嘉陵棧道吾能說，略似黃亭到紫谿。（同上，頁916）

王象之《輿地紀勝》：「紫溪嶺，在鉛山縣南四十里，高四百丈。又有紫溪水。」萬仞梯固然誇張，亦可謂有所本也。首句實用二喻：一丹青，以「雲外」安置之。一萬仞梯——山本非梯，然頗相似也。

二句純寫景，有視覺有聽覺。

三四句倒說入神。黃亭鎮在崇安縣東南七十里，又名黃亭舖。由黃亭舖到紫谿嶺，風景如畫，酷似嘉陵棧道，本是一句普通的形容語，逆說之下，乃更見神采。

五十四、玉壺亭

玉壺亭上小徘徊，閑對殘荷把一盃。

冠蓋交馳期會急，長官未必辦頻來。（同上，頁920）

此詩淳熙六年九月作於玉山。

《大清一統志》：「玉光亭，在玉山縣治。」在縣廳之東，不知所自，有章惇、王安石詩碑。又有冰玉亭，玉壺亭或即二者之一。

首句破題。

次句示景，並綴主角之動作。

三句一轉：世人紛紜，忙忙碌碌。

四句繼之，官員們專心功名富貴，未必能享用如此美景。

意思甚好，惟詩情稍薄，末句尤弱。

五十五、臥輿

白首躬耕已有期，鳳城歸路卻遲遲。

臥輿擁被聽秋雨，占盡人間好睡時。（同上，頁 922）

此詩淳熙六年九月作於衢州道中。

鳳城指京都。《史記・封禪書》：「建章宮……其東則鳳闕，高二十餘丈。」因而稱京師為鳳城。

首句謂歸耕在即，心中坦然。

次句一轉：返京之路迢迢。首二句顯然有矛盾。其義或謂赴京面陛後將返鄉。果然，次年冬召赴行在，至嚴州，許免入奏，逕歸山陰。

三句是全詩核心：臥車輿中，擁被聽雨，何其瀟灑！

四句又難以為繼。占盡人間好睡，與首句躬耕有期也可算前後呼應了。

五十六、夜坐

老知世事謾紛紛，紙帳蒲團自策勳。

一夜北風吹裂屋，石樓無耳不曾聞。（同上，頁 924）

此詩與上首作於同時。

首句抒感，次句破題：「策勳」二字是冷雋語。

三句一轉，寫外在景象：北風淒厲，一夜吹裂老屋，似有颱風之威勢。

四句將「石樓」擬人化，無耳若癡，不聽不聞。

縱觀全詩：首句之世事謾紛紛，寧非北風之吹屋？

而石樓之無耳不聞，豈不勝吾之「自策勳」？

妙在淡語淡情。

五十七、謝演師送梅

早梅時節到江南，已判樽前酒滿衫。

輸與西鄰明上座，解從大庾嶺頭參。（卷十一，頁929）

此詩作於淳熙六年冬，可能在衢州，或許在金華。

象田了演禪師，少依東山廣化，聽秀禪師夜參，即有省發，後逕趨衡陽，投大慧禪師宗杲，一見即受器許。後移象山、靈隱。

道明禪師聞六祖得五祖傳，追往大庾嶺，曰：「我來求法。」六祖曰：「不思善，不思惡，正憑麼時，阿那箇是明上座本來面目？」明師當下大悟。

首二句由梅起興，詩酒侑樽。

三句一轉：用道明禪師典，謂了演大師固雅人也，送梅助酒，但似略遜一語大悟之道明。大庾嶺頭亦有梅，但其中光景殊異。

此詩莊中有諧，略有調笑意味。

五十八、同題之二

折送江梅意不疎，要教相對鬥清臞。

爲君著向明窗下，試問山翁具眼無。（同上，頁930）

首句破題，平平

次句謂與梅相對，看人與花誰更清臞。此意略勝於首句。

三句感對方之情意。明窗、清臞之間，似藕斷絲連。

四句之「山翁」，應是自指。梅爲高貴花種，我這位山翁，是否具有充分欣賞的眼光？

此詩全不用典，似比上一首灑脫些。

五十九、對酒

溫如春色爽如秋，一榼燈前自獻酬。

百萬愁魔降未得，故應用爾作戈矛。（同上，頁934）

首句描寫酒的風味，春秋俱全，喻如實述。

次句可視作與首句倒置，乃破題之句。

三句一轉：謂百萬愁緒，以己之力固難降伏。

　　四句應合：只好用汝（指酒）來制伏愁魔。用「戈矛」，一爲以誇張見效，一爲押韻之故。

　　回顧首句，則溫爽之酒亦可以作武器，豈非以柔克剛乎？

六十、對酒之二

　　歎息人眞未易知，暮年始覺麴生奇。

　　箇中妙趣誰堪語，最是初醺未醉時

　　首句謂人心難測，人事誰知。

　　次句謂麴釀酒爲一奇妙之事。

　　三句直承二句而來，「生奇」、「妙趣」一脈相承；「誰堪語」上承「未易知」。

　　四句寫初醺未醉爲人生一大妙境，上應「未易知」、「麴生奇」、「誰堪語」。

　　全詩似疏實密，步步爲營。

六十一、雪中尋梅

　　莫遣扁舟興盡回，正須衝寒看江梅。

　　楚人原未知眞色，施粉何曾太白來！（同上，頁 935）

　　首句用王徽之雪夜訪戴逵興盡而返典，是反面用典。

　　次句直承首句，謂雪中看梅，乃是雅事

　　三句轉用宋玉（「楚人」）〈登徒子好色賦〉：「著粉則太白，施朱則太赤。」亦是反用，以此稱譽雪梅之彌足珍貴。

　　兩次用典而反用其意，卻寫出一派天眞趣味。

六十二、同題之二

　　幽香淡淡影疎疎，雪虐風饕亦自如。

　　正是花中巢許輩，人間富貴不關渠。（同上，頁 936）

　　首句用林逋梅詩詩意。

　　次句擬設反面情境，而度出「自如」二字。「饕」字響亮。

　　三句用喻，以二古人——巢父、許由——擬物——梅，甚爲切當，無非「清高」二字。

四句復助三句之勢。

梅若有知，亦當生受。

前後尚有三首七律梅詩。

六十三、聞雁

> 過盡梅花把酒稀，薰籠香冷換春衣。
>
> 秦關漢苑無消息，又在江南送雁歸。(卷十二，頁942)

此詩淳熙七年正月作於（江西）撫州。

馮振《詩詞雜話》：「陸放翁〈聞雁〉云云，又〈人聞新雁有感〉云云，二詩托興相似，皆感慨中原之不復也。前首之秦關漢苑，猶後首之漁陽上谷，前首之江南，猶後首之湘水巴陵意。特前首末二句由北說到南，後首末二句由南說到北耳。」

首二句描寫季節之變化。「把酒稀」、「香冷」尤見格調。

三句說北方無好消息。

四句江南送雁，乃無可奈何之情——人不如雁乎！

此詩由梅花、酒、薰籠到春衣，卻結之以江南送雁。是由小我之生活擴及國家之命運。

六十四、燈夕有感

> 芙蕖紅綠亦參差，睡起燒香強賦詩。
>
> 萬里錦城無夢到，豈惟虛負放燈時。(卷十二，頁944)

此詩與上詩作於同時。

首句芙蕖指花燈，七字形容得淋漓盡致。昔人每用蓮花喻花燈。

次句配首句，稍平弱。

三句忽然一大轉，思念成都，而遺憾無夢到彼。

四句謂辜負放燈美景，思憶之情使之然也。「豈惟」，謂不止花燈，眼前種種風景，均不如昔日在蜀時也。

古人自十二月十五日便放燈，直至上元。

同月有〈初春懷成都〉七古一首。

六十五、天祺節日飯罷小憩

　　　　臥聽午漏隔花傳，簾裏花殘有斷煙。
　　　　莫放轆轤鳴玉井，偷閑要補五更眠。(同上，頁 953)

　　此詩淳熙七年四月作於撫州。

　　《宋史・禮志》：「天禧初，詔以大中祥符元年四月一日天書再降
丙中功德閣爲天禎節，一如天貺節。尋以仁宗嫌名，改爲天祺節。」

　　此詩描述一日生活。

　　首句聽午漏，因隔花傳而添神韻。

　　次句寫簾、花、煙。

　　三句又現老人情態：嫌井上轆轤打水吵人。

　　四句正述：我要補五更早醒不足之睡眠。

　　陸游擅長寫生活詩，往往用七絕，有時也用律體，此其一例。親
切而不故作高深狀。

六十六、齒痛有感

　　　　眼暗頭童負聖時，齒牙欲脱更堪悲。
　　　　暮年漸解人間事，蒸食哀梨亦自奇。(同上，頁 954)

　　此詩與上詩作於同時。

　　首句寫自己老態，「負聖時」未免夸飾。

　　次句增益之。

　　三句一轉，心胸豁達矣。「解事」二字，豈易得哉！

　　四句舉生活中一事以自紓。「哀梨」之「哀」，巧得弔詭。

　　心寬則境遠，食一梨亦覺稀奇，則何物不可樂乎！

　　齒痛而猶食梨，甚有趣。

六十七、雨夜

　　　　兩鬢新霜換舊青，客遊身世等浮萍。
　　　　少年樂事消除盡，雨夜焚香誦道經。(卷十二，頁 957)

　　此詩亦作於同時。

　　首句新霜換舊青，平實而好，「換」字生動。

次句用常喻「浮萍」。

三句直述。

四句寫出雨夜情趣。

焚香、讀道經，正是少年人未必能享用的老年樂趣。

首句「新霜」是喻、末句「雨夜」是實，卻亦能造成對應的效果。

六十八、感舊絕句之一

鴨翎堠前山簇馬，雞蹤橋下水連天。

金丹煉成不肯服，且戲人間五百年。（卷十二，頁159）

此詩亦作於同時。

首二句巧用二地名，其中鴨翎堠（舖）在臨邛縣。

「山簇馬」乃比喻，水連天則為實寫，卻對仗得十分貼切。

此二句乃概括既往之遊蹤。

三句一轉：不服金丹，一副逞強之態如見。

四句幻設，但更能彰顯放翁灑脫的人格精神。

感舊而興新也。

六十九、同題之二

鵝黃酒邊綠荔枝，摩訶池上納涼時。

冰紈不畫驂鸞女，卻寫江南〈白紵〉辭。（同上，頁959）

《太平寰宇記》：「汙池，一名摩訶池，昔蕭摩訶所置，在錦城西。」

《宋書‧樂志》：「又有白紵舞。按舞辭有巾袍之言，紵本吳地所出，宜是吳舞也。」

首句寫錦城往事，以二物配二色，鮮明若見，實為本名。

次句倒置，實為起句，時地清楚。

三句用江淹〈雜擬〉典：「紈扇如團月，出自機中素。畫作秦王女，乘鸞向煙霧。」此處反用：不畫仙女弄玉。

四句正寫：寫江南〈白紵〉辭，示思鄉也。

四句的關係，應為兩句各為一組：前半追憶在蜀生涯，後半懷念江南故里。此二地為放翁一生最關注者。

七十、同題之三

> 南市夜夜上元燈，西鄰日日是清明。
>
> 青氈犢車碾花去，黃金馬鞭穿柳行。（同上）

南市指成都之花市。首句極稱錦城上元節燈市盛況。

次句以西鄰之熱鬧相配襯。二句對仗，後三字稍懈。

《老學庵筆記》卷二：「成都諸名族婦女，出入皆乘犢車。」三句「碾花去」最有精神。

四句以「黃金馬鞭」上應「青氈犢車」，既切實景，又對文辭。「穿柳行」與「碾花去」對，亦渾然天成。

上句說女子，下句寫男士。

四句寫盡錦城風光矣

七十一、同題之四

> 十月新霜兔正肥，佳人駿馬去如飛。
>
> 纖腰嫋嫋戎衣窄，學射山前看打圍。
>
> （同上，頁960，下二首同此。）

此首寫成都秋景：新霜、兔肥、佳人、駿馬、纖腰、戎衣、學射山、打圍，一氣貫下，如畫如詩。

以兔引馬，以馬襯佳人。去如飛引發打圍。

而纖腰嫋嫋正好反襯戎衣。

學射山：《太平寰宇記》：「華陽縣：學射山，一名斛石山，在縣北十五里。」曹學佺《羅中廣記》卷五五：「三月三日出北門，宴學射山，既罷後射弓。」

此詩專寫錦城秋景，卻集中在一學射佳人身上，情趣宛然。

七十二、同題之五

> 半紅半白官池蓮（江瀆廟池），半醒半醉女郎船。
>
> 鴛鴦驚起何曾管，折得雙頭喜欲顛。

江瀆廟池在成都縣南上四里，江瀆祠前臨清池，有島嶼竹木之勝，紅葉夏發，水碧四照，爲一州之觀云。又名上蓮池。

首句寫蓮，著重其顏色，次句寫女郎，以醒醉狀其瀟灑多姿。

三句寫鴛鴦，似轉非轉。「何曾管」上應「半醒半醉」，好。

四句折得雙頭蓮，「喜欲顛」上應「半醒半醉」。

一幅秋光圖，與上詩互補互應。

七十三、同題之六

　　紅葉琵琶出嘉州，四絃彈盡古今愁。

　　胡沙漫漫紫塞曉，漢月娟娟青冢秋。

　　首句說明地點，拈出紅葉、琵琶二物，天人相映。

　　次句由首句引發；琵琶彈愁，紅葉助愁。

　　《太平寰宇記》：「雲中縣：紫塞，長城。〈冀州圖〉云：『大同以西，紫河以東，橫亙而東，至碣石以來，綿亙千里。』崔豹《古今注》云：『秦始皇築長城，土氣皆紫，故曰紫塞。』」三句寫長城。

　　《太平寰宇記》：「金河縣：青冢，在縣西北，漢王昭君葬於此。其上草色常青，故曰青冢。」

　　四句專寫昭君墓。

　　三四句一「曉」一「秋」可視作互文。

　　「漫漫」剛，「娟娟」柔。

　　後二句實為「古今愁」之抒發。

七十四、同題之七

　　美人傳酒清夜闌，欲歌未歌愁遠山。

　　蒲萄一斗元無價，換得涼州也是閑。（同上，頁961）

　　《三輔決錄》：「中常侍張讓專朝政，孟他以蒲桃酒一斛遺讓，即拜涼州刺史。」

　　首句寫美人當筵之姿。

　　次句密承之。二「欲」之後，「愁遠山」更有神韻。

　　三、四句用孟他典，卻寫得瀟瀟灑灑。

　　「無價」帶譏諷味，卻不落痕跡。

末句「換得涼州」直說,「也是閑」曲說,然而風致嫣然。

一閑貫穿全篇。

七十五、晝臥聞百舌

雨後郊原已遍犁,陰陰簾幌燕分泥。

閑眠不作華胥計,說與春鳥自在啼。(同上,頁961)

首句寫春景,次句補之,後五字較生動。

三句謂閑眠自在,不求入華胥國(仙境)。

四句謂以春鳥為友,令其自在放啼。人鳥與春合一矣,按江南以百舌為春鳥。

此詩亦可改題為「閑眠」或「春閑」。

七十六、觀蔬圃

菘芥可葅芹可羹,晚風咿軋桔槔聲。

白頭孤宦成何味,悔不畦蔬過此生。(卷十二,頁965)

此詩淳熙七年五月作於金谿。

東堂,在金谿縣西十三都,距城五十里之疎山寺。此詩背景即在此。

首句列舉三種蔬菜,而用兩個動詞貫串之。

次句寫兩種聲音:一天然,一人事。

三句一轉:謂宦途乏味。

四句轉而合,謂後悔未能終生務農。其實陸游先世本多務農。

此詩借身邊蔬圃抒志。

七十七、焚香晝睡比覺香猶未散戲作

小屏煙樹遠參差,吏散身閑與睡宜。

誰似爐香念幽獨,伴人直到夢回時。(卷十二,頁972)

此詩淳熙七年五月作於撫州。

首句一近一遠,而「參差」屬遠,妙在究竟是屏上畫煙樹,還是窗外有煙樹,似乎兩宜。

次句述居官生活，忙中有閑。

三句將「爐香」擬人化，它「念」我一身幽獨。

四句承之以合，爐香伴我由醒而夢而醒。真是稀有難得的良伴。

題中「戲作」二字或可刪略也。

七十八、同題之二

　　燕梁寂寂篆煙殘，偷得勞生數刻閑。

　　三疊秋屏護琴枕，臥遊忽到瀼西山。（卷十二，頁 912）

此首引出「燕梁」來，則多一伴矣，但又繼之以「寂寂」，似乎燕子都已出外。而後半句以「篆煙殘」繼之，造成一種寧靜的氛圍。

次句直接抒情，一「閑」同於前首。

三句小轉實承。又用屏風，「護」字生鮮有味。而琴枕則增添氣氛。

《入蜀記》：「至夔州，……在瀼之西，故一曰瀼西，土人謂山間之流通江者曰瀼云。」

臥遊：《宋書·宗炳傳》：「好山水，愛遠遊……有疾還江陵，嘆曰：老疾俱至，名山恐難遍覩，唯當澄懷觀道，臥以遊之。」

陸游念念不忘者，乃蜀中山川人物，故以此句作結，亦甚恰切。

此首中篆香地位稍遜，但很可能是臥遊的催化劑。

七十九、夏日畫寢夢遊一院闃然無人簾影滿堂惟燕蹋箏弦有聲覺而聞鐵鐸風響璆然殆所夢也邪因得絕句

　　桐陰清潤雨餘天，簷鐸搖風破晝眠。

　　夢到畫堂人不見，一雙輕燕蹴箏弦。（同上，頁 978）

此詩淳熙七年五月作於撫州。

此詩因題目說得太盡，因而減色不少。

首句佈景藹然。

次句增益聲音效果。

三句示夢。

四句寫燕，以「蹴」代「蹋」，略添風韻。

八十、書懷絕句

不到天台三十年，草菴猶記宿雲邊。

老僧曉出松門去，手契軍持取澗泉。(同上，頁 986)

此詩淳熙七年七月作於撫州。

天台山爲放翁舊遊之地，在台州西一百十里，爲浙江名山。放翁曾於紹興十八年（二十四歲）遊此山，迄此已三十二年，三十年者，取其整數。

次句爲倒裝句：猶憶住宿草菴，在雲邊。

三句憶僧之行徑。

四句繼之。軍持，梵語，猶瓶也。

四句之泉，上承天台、菴、雲、門。

八十一、同題之二

憶過棲賢見蜀僧，雲堂十月冷生冰。

定回蔌蔌聞窗雪，一椀琉璃照佛燈。(蜀僧，左綿海辨也。)

(同上，頁 987)

棲賢寺，在廬山石人峯下。

首二句憶蜀僧海辨冬初之生活情狀。

三句承之，聞雪。「定回」者禪坐入定後也。

四句寫琉璃燈。

按左綿即綿州，居綿江之左。

山寺、冰、雪、燈，一以貫之。

八十二、同題之三

丈人祠西山谷盤，麻姑洞前松櫟寒。

仙翁欲覓渺無處，聞在青溪浴大丹。(仙翁謂譙先生。)(同上)

丈人觀：在四川青城山，陸游淳熙元年十月遊此。

麻姑洞：青城山有八大洞，第五曰麻姑洞。

譙先生：譙定，字天授，涪陵人。居青城山中，一百二十餘歲，採藥道人有見之者，讀《易》尙不輟。

首二句寫青城山特殊風景，對仗頗工。

三、四專詠譙定，寫得神秘兮兮。「浴大丹」，大丹疑指先生的身體。或指以大丹浴身。

八十三、同題之四

早佩《黃庭》兩卷經，不應靈府雜羶腥。

憑君爲買金鴉觜，歸去秋山斸茯苓。（同上，頁 988）

首句佩《黃庭經》，即熟誦道經也。

次句承之，謂心中應一片澄明。

三句一轉：買鋤。君字何所指，不詳。

四句緊接三句，秋山斸茯苓，與上首浴大丹或可互補。

八十四、同題之五

未駕青鸞返帝鄉，三江七澤路茫茫。

看山看水無程數，漁艇爲家芰作糧。（同上）

此詩自抒。

首句謂求道而未成仙。

次句謂天涯海角，浪遊未已。

三句承二句，看山看水，難計途程。

四句以漁艇爲家，以菱芰爲糧，瀟灑自在。

此詩總結構爲：

一句起。

二句承。

三句再承。

四句既是轉又是合。

八十五、聞雨

潭底乖龍喚不譍，驕陽似欲敗西成，

虛堂永夜耿無睡，起聽四郊車水聲。（同上，頁 989）

此詩淳熙七年七月作於撫州。

西成：「秋位在西，於時萬物成熟。」指秋天。

虛堂：在撫州府提舉司署。

首二句謂秋季猶驕陽遍照，潭底之龍亦不起。

三句謂失眠，四句聽車水聲。

「車水聲」是指降雨時馬車攪拌著雨水的聲音。

此詩起承轉合井然有序。

八十六、秋旱方甚七月二十八夜忽雨喜而有作

　　嘉穀如焚稗草青，沉憂耿耿欲忘生。

　　鈞天九奏簫韶樂，未抵虛簷瀉雨聲。（卷十二，頁992）

此詩淳熙七年七月作於撫州。

首句寫苦旱時穀子、稗草之狀，次句繼之，說人之憂心悄悄。

三句一大轉，謂天樂，以此作伏筆。

四句合：寫降雨時之樂趣。

八十七、書李商叟書曾文清詩卷後

　　隴蜀歸來兩鬢絲，茶山已作隔生期。

　　西風落葉秋蕭瑟，淚灑行間讀舊詩。（卷十二，頁993）

此詩淳熙七年八月作於撫州。

陸游於淳熙五年自四川返山陰，而曾幾（茶山，為放翁私淑師）已歿於乾道二年，相隔十二年。首二句明白表達此一意思。

三句以西風落葉佈景釀造氣氛。

四句淚與曾詩結合。

首句「兩鬢絲」末句「讀舊詩」：「絲」、「詩」同音，鬢白與「舊」義又相合；「淚灑」與「秋蕭瑟」亦若出一轍，全詩結構緊密。

八十八、雨夜

　　庭院蕭條秋意深，銅爐一炷海南沉。

　　幽人聽盡芭蕉雨，獨與青燈話此心。（卷十二，頁996）

此詩與上詩作於同時地。

海南沉，沉香，亦稱伽南香、奇南香，屬瑞香科，產於印度等地。十一沉香產於我國南部，以海南島為最盛。往時用以製為點燃之香。

首句衍陳背景及氣氛。

次句寫銅爐及香，更添氛圍。

三句自稱「幽人」，又以芭蕉葉上雨聲為目。

四句聽雨聞香，心中淒然，只能與青燈訴說心臆。

「青燈」擬人化，增添不少情味。

三句之「盡」字、上應「深」，下啓「獨」。

八十九、社日小飲

　　社日西風吹角巾，一尊彊醉汝江濱。

　　杏梁燕子還堪恨，歸去匆匆不報人。（同上，頁 997）

此詩亦作於同時。

社日人間熱鬧，西風卻不留情，「吹角巾」，一切盡在不言中，主角若隱若現。

二句「強醉」，則主角已正面現身。

醉中無多可說，三句乃一轉轉向他物——杏梁燕子，雖為異類，卻不失為雅物，但作者卻將自己的感慨歸咎於牠。

四句說清原由：燕子歸去南方，匆忙之間卻未告訴視之為知己的人——作者自己。

在醉、恨之間，社日風情如在自前。

九十、感昔之一

　　常記東園按舞時，春風一架晚薔薇。

　　尊前不展鴛鴦錦，只就殘紅作地衣。

　　（成都小東門外趙氏園。）（同上，頁 999）

此詩淳熙七年九月作於撫州，下首同此。

首句寫當年在趙氏園翩翩起舞。

次句寫大背景和小背景。

三句一抑，從反面說。

四句說得妙：以落花作地毯。

九十一、感昔之二

八陣原頭縱獵歸，割鮮藉草酒淋漓。

誰知此夕西窗裏，一盞青燈獨詠詩。

（八陣原在成都廣漢之間。）

八陣原，指諸葛亮八陣圖所在地，在河南新都縣北十九里彌牟鎮。當年陸游的確在此打過獵，首二句寫得頗為生動。

三句突然作一百八十度的急轉彎：「西窗」遙對「八陣原」，青燈恍對（青）草。

而四句之「詠詩」，則直對「縱獵」。

全然不同的兩種生涯，兩種人生境界，會於二十八字內！

九十二、寄周洪道參政之一

半生蓬艇弄煙波，最愛三湘〈欸乃歌〉。擬作此行公忽怪，
胸中詩本漸無多。（卷十二，頁1001）

此詩淳熙七年九月作於撫州。

首二句說自己半生漂泊江湖之上，最愛三湘。〈欸乃歌〉是船夫所唱的歌。

周洪道即周必大，曾任參知政事（副宰相），陸游和他交情匪淺。

三句謂此次旅行將赴三湘一帶。

四句說此行目的乃在積累詩材。

此詩猶如一個短札。

九十三、同題之二

菱舟煙雨久思歸，貪戀明時未拂衣。

乞與一城教睡足，猶能覓句寄黃扉。（同上，頁1002）

首二句謂久有歸隱之心，然又不捨朝廷。這是放翁中年以後常有的心態。

三句指他使江南時曾以詩投政府湖湘一麾不果事。乞一城而飽睡，略似半退休狀態。

四句謂作詩投寄朝廷或周必大。黃扉，京都之禁門。

二詩相輔相成。

九十四、乾道初予自臨川歸鍾陵李德遠范周士送別於西津是日宿戰平風雨終夕今自臨川之高安復以雨中宿戰平悵然感懷

故人已作山頭土，倦客猶奔陌上塵。

十五年間眞一夢，又騎羸馬涉西津。(同上，頁 1005)

此詩作於淳熙七年十月，在撫州。時有高安之行。所云李德遠送別，是乾道二年春三月事。范周士名季隨。

臨川在撫州府，今江西省。西津，在撫州府招賢鄉十六都。

首二句嘅今昔之異：故人已死，我猶奔馳於塵世。

三句縮上啓下。

四句騎羸馬，象徵生命之艱辛。

又來的時候，物是人非，最易興起無盡感慨。

九十五、同題之二

十五年前宿戰平，長亭風雨夜連明。

無端老作天涯客，還聽當時夜雨聲。(卷十二，頁 1006)

戰平，臨川縣盡安鄉之三十八都爲里者九，有戰坪墟。

首句「十五年」上應前首第三句。前「如夢」是幻寫，此「宿戰平」乃實述。

二句風雨之後星月連明。

三句一轉：「無端」入神。

四句故意交錯今昔。「夜雨」上承二句之「風雨夜」，「當時」上應「十五年前」。

九十六、玉隆得丹芝

　　　　何用金丹九轉成，手持芝草已身輕。

　　　　祥雲平地擁笙鶴，便自西山朝玉京。（卷十三，頁1016）

　　此詩淳熙七年十、十一月間作於南昌。當時陸游自高安取道南昌、進賢返湖州。

　　玉隆：南昌府玉隆萬壽宮，在新建縣逍遙山，乃許旌陽故宅。

　　西山：南昌府西山，在府城西，距章江三十里，又名散原山，道家第十二洞天，名曰天寶極元。

　　玉京：玄都玉京山在三清之上，無上大羅天中。上有玉京金闕七寶玄台紫微上宮。太上無極虛皇天尊之治也。

　　陸游中年以後涉道，此詩為一証。

　　一二句謂一芝草足以輕身入道，不必九轉金丹也。

　　三四句承之，謂得食芝草，即可駕雲騎鶴吹笙，上朝無極天尊矣！

九十七、過茱萸舖青松朱戶前臨大道絕似西陲亭驛悵然有作

　　　　茱萸小驛夕陽愁，搔首臨風感舊遊。

　　　　渾似軍行散關路，但無鼓吹動〈涼州〉。（同上，頁1021）

　　此詩淳熙七年十一月作於安仁道中。

　　茱萸舖：在饒州安仁縣。

　　散關：即大散關，在陝西鳳縣東北五十里，為秦蜀要路。

　　涼州：宮調曲，開元中西涼府都督郭知運進。又：段和尚善琵琶，自製〈西涼州〉，又稱〈新涼州〉。

　　首句破題，「夕陽愁」三字入神。

　　二句補首句。

　　三句一轉，比較兩種地點兩種風光。

　　四句又一小轉：所異者無鼓吹聲，無〈涼州曲〉。

　　陸游的懷舊詩，常用此種模式。

九十八、杭頭晚興（嚴州。）

　　　　山色蒼寒野色昏，下程初閉驛亭門。

　　　　不須更把澆愁酒。行盡天涯慣斷魂。（卷十三，頁1026）

　　此詩淳熙七年十二月東歸道中作於壽昌。

　　杭頭：又名航頭，在嚴州壽昌縣，顏公橋之別名，在縣西十里。

　　首二句破題寫景。

　　三句一轉：不須澆酒不須愁。

　　四句說明理由：主旨是慣於斷魂，似乎對「愁」已經有某種程度
的免疫力。歷盡滄桑者每多不憂不懼。

九十九、予欲自嚴買船下七里灘謁嚴光祠而歸會灘淺陸行至桐廬始能泛江因得絕句

　　　　客星祠下渺煙波，欠我扁舟舞短蓑。

　　　　不為窮冬怕灘惡，正愁此老笑人多。（卷十三，頁1029）

　　此詩淳熙七年十二月東歸作於桐廬道中。

　　客星祠指嚴光祠，在浙江桐廬縣，縣西三十五里富春山之下，宋
景祐中建。

　　首句破題，次句「欠」字有些曖昧，或謂冥冥中嚴光未能善自接
待，故欠我情。

　　三句一轉，說我不怕冬寒或淺灘，四句續之，卻愁嚴光先生喜歡
嘲弄世俗之人。

一百、同題之二

　　　　桐廬縣前櫓聲急，蒼煙茫茫白鳥雙。

　　　　亂山日落潮未落，勝絕不減吳松江。（卷十三，頁1029）

　　首二句寫實。不過白馬雙似用黃庭堅〈六月十七日晝寢：「想見
滄江白鳥雙。」

　　吳松江在上海。

　　三句寫黃昏景象。

　　四句以吳淞江風景作比。

此詩歷用艫聲、蒼煙、白馬、亂山、落日、潮及虛設的吳松江，構成一幅美妙的圖畫。

一○一、漁浦之一

桐廬處處是新詩，漁浦江山天下稀。

安得移家常住此，隨潮入縣伴潮歸。（卷十三，頁 1030）

此詩淳熙七年十二月東歸作於蕭山道中。

漁浦，在浙江蕭山縣西三十里，傳說是大舜打魚的地方。對岸即錢塘之六和塔。

首二句極言桐廬、漁浦之美，一用喻，一直抒。

三句轉而實承，欲長住此處。

因為海潮起落是此處的一大特色，故以「隨潮入縣伴潮歸」作結。

一○二、漁浦之二

漁翁持漁扣舷賣，炯炯綠瞳雙臉丹。

我欲從之逝已遠，菱歌一曲暮江寒。（同上）

上一首全是視覺形象，此詩則二聽覺二視覺。

首句漁翁叩舷叫賣，二聲合一。

次句描寫其綠瞳、丹臉，應為波斯商人。

三句寫出立體空間。

四句歌聲、寒意、暮色、江容。

以漁翁為主角，我為配角，全詩配襯得很勻稱，令人心怡。

一○三、二月四日作

早春風力已輕柔，瓦雪消殘玉半溝。

飛蝶鳴鳩俱得意，東風應笑我閒愁。（卷十三，頁 1035）

此詩淳熙八年二月作於山陰。

初春天氣風力柔，瓦雪消，前句用「已」引「輕柔」，下句以「玉半溝」喻瓦上雪之殘餘。

三句說飛蝶、鳴鳩，用「得意」作動詞，使有擬人化效果。

四句再把東風擬人化。

得意、閑愁，相對而弔詭。

一○四、小園

小園煙草接隣家，桑柘陰陰一徑斜。

臥讀陶詩未終卷，又乘微雨去鋤瓜。（卷十三，頁1041）

此詩淳熙八年四月作於山陰。

首二句破題，寫小園的風光——煙草、桑柘、一徑——也示現它的相對位置。

三四句之意與〈讀陶詩〉：「我詩慕淵明，恨不造其微；雨餘鋤瓜壟，月上坐釣磯。」可以互補互參。

這兩句的意境，曾感動了不少文人雅士。

一○五、小園之二

歷盡危機歇盡狂，殘年惟有付耕桑。

麥秋天氣朝朝變，蠶月人家處處忙。（同上，頁1042）

前二句說陸游自己的一生。

後二句寫「付耕桑」的實際情況：一麥、一蠶，兼及食衣。

「狂」、「殘」、「變」、「忙」四字，若有脈絡存焉。

一○六、小園之三

村南村北鵓鴣聲，水刺新秧漫漫平。

行遍天涯千萬里，卻從隣父學春耕。（同上）

首二句寫景，一聲一形。

三、四句一轉：三句概括自己之生涯，四句說自己的歸宿。

放翁晚年，一心歸耕，不是口頭說說而已。這四首詩都是紀實之作。

由「村南村北」到「千萬里」，空間的轉移與擴大，對全詩意境之完成有一定的影響。

一○七、小園之四

少年壯氣吞殘虜，晚覺丘樊樂事多。

駿馬寶刀俱一夢，夕陽閑和飯牛歌。(同上)

飯牛歌：《呂氏春秋・舉難》：「桓公郊迎客，……寧戚飯牛居車下，望桓公而悲，擊牛角疾歌。桓公聞之，撫其僕之手曰：異哉！之歌者非常人也。命後車載之。」

首句自抒往日情懷。

次句又說晚年躬耕之樂。

三句對應首句。

四句引申二句。

四首小園詩，皆歌詠田園之樂。

一○八、南堂臥觀月

河漢橫斜星宿稀，臥看涼月入窗扉。

恍如北戍梁州日，睡覺清霜滿鐵衣。(同上，頁 1046)

此詩淳熙八年六月作於故里山陰。

南堂：指陸游家中的小軒，或稱「道室」。

首句寫星星。

次句記月亮。可見星月可同時並存。

戍梁州，謂赴南鄭參四川宣撫使王炎幕府事。

三句一轉，又憶及其軍旅生涯。

四句承之，「清霜滿鐵衣」，何等清壯！清霜與首二句之星月相對輝映。

陸游長期的軍旅生活，對他中晚年仍有很大的影響，可說是他重要的詩材之一。

一○九、夜坐獨酌

玉宇沉沉夜向闌，跨空飛閣倚高寒。

一壺清露來雲表，聊為幽人洗肺肝。(同上，頁 1047)

此詩與前首作於同時。

首句描述當時背景。「沉沉」有力。

次句「跨空飛閣」當為實寫。「倚高寒」上應「玉宇沉沉。」

「一壺清露」是一壺美酒。「來雲表」者，天外飛來也，乃是故神其說。

四句直說「為幽人洗肺肝」，雖稍乏蘊藉，仍不失為爽神之筆。

一一〇、無題之一

半醉凌風過月旁，水精宮殿桂花香。

素娥定赴瑤池宴，侍女皆騎白鳳凰。（卷十三，頁 1048）

此詩熙淳八年六月作於山陰。

首二字狀自己情態，次二字添姿，後三字乃一可愛的動作。

次句轉寫週遭環境：水晶宮，桂花香。風花月俱全矣。

三句一轉：由首句之「月」引出「素娥」來——嫦娥赴西王母瑤池宴，清新自得。

四句純粹為三句添加風采：嫦娥侍女千千百，人人騎一白鳳凰：這是何等美景。

此句非合而合。

此詩或可改題為「半醉」或「醉月」。

一一一、無題之二

出繭修眉淡薄妝，丁東環珮立西廂。

人間浪作新秋感，銀闕瓊樓夜夜涼。（同上）

此詩顯然承續上首，而從另一角度抒寫。

首句寫嫦娥美姿，其淡薄粧，令人聯想到老杜吟詠虢國夫人之「淡掃蛾眉朝至尊」。

次句增添聽覺效果。

三句一轉：人間感秋而飾以「浪作」，亦新鮮。

四句直寫月宮夜涼，其實兼及嫦娥之寂寞——李義山的「碧海青天夜夜心」早已及此，這裏只是換了一種說法，其為「夜夜」則一。

一一二、秋日聞蟬

斷角斜陽觸處愁，長亭搔首晚悠悠。

世間最是蟬堪恨，送盡行人更送秋。（同上，1051）

此詩淳熙八年七月作於山陰。

首句以一聲一形——斷角斜陽——作為背景氣氛。以「斷」配「斜」，亦頗新鮮。

次句自述自抒。「長」字與「斷」「斜」恰好背反。

三句四句用李義山〈柳〉詩「如何肯到清秋日，已帶斜陽又帶蟬。」的句式。

三句極言蟬之可恨。

四句補出送行人送秋二義。

蟬、角、斜陽、行人、秋，固合而為一矣。

一一三、題張幾仲所藏醉道士圖

千載風流賀季眞，畫圖髯鬢見精神。

邇來祭酒皆巫祝，眼底難逢此輩人。（卷十三，頁 1066）

此詩淳熙八年九月作於山陰。

張子顏，字幾仲，以父張俊蔭入仕，乾道中知信州，明察果斷，閭里隱伏皆知之。盜賊屛息，路不拾遺。

〈醉道士圖〉：畫賀知章（字季眞）像。賀氏在天寶三載，請度為道士。

首二句破題，以「千載風流」稱譽此畫之主角。

三句出自《史記・荀卿傳》：「齊尙脩列大夫之缺，而荀卿三為祭酒焉。齊人或讒荀卿，荀卿乃適楚，而春申君以為蘭陵令。……荀卿嫉濁世之政，亡國亂君相屬，不遂大道而營於巫祝，信機祥。」

四句順水推舟，以「此輩人」切「賀季眞」。

此詩雖說詠畫，實讚詩人賀知章。

一一四、同題之二

　　卧聽床頭壓酒聲，起行籬下摘新橙。

　　一尊久欠敲門客，風味何人似麴生？（同上）

此詩模擬賀知章的生活。

首句卧聽有味。

次句摘橙鮮明。

三句言其寂寞。

四句寂中言酒，與首句、三句相呼應。

全詩以人與酒為核心，以「麴生」作結，誰曰不宜？

一一五、湖村月夕

　　客路風塵化素衣，閑愁冉冉鬢成絲。

　　平生不負月明處，神女廟前聞〈竹枝〉。（卷十三，頁 1067）

此詩亦作於同時。

首二句自抒：首句全寫外表，次句一半寫情緒，一半補述外貌。「塵」與「絲」互應。

三句說自己平生，卻用「不負月明處」為核心，蓋謂能享受人間美景也。

巫山神女廟為三峽著名景點之一，再加上卓有情趣的〈竹枝詞〉，乃可代表生命中的美好事物。

湖、村、月、夕，均為放翁之恩物。

一一六、同題之二

　　錦城曾醉六重陽，回首秋風每斷腸。

　　最憶銅壺門外路，滿街歌吹月如霜。（同上）

淳熙元年、二年、三年、四年，四年的重陽節，都住在成都。淳熙二年閏九月，多一重陽；乾道九年重陽節在嘉州，亦併計在內。

銅壺門：成都自劍南西川門以北，皆民宅市區軍壘，折而西，道北為府。府又無台門，與他郡異。至蔣堂來為政，乃南直劍南西川門，西北距府五十步，築大閣曰銅壺，事書於史。

首句豪爽，次句淒涼。

三句實書地物。

四句七字書其地風光。

二十八字中，用二喻皆熟用者（「斷腸」、「月如霜」）。

一一七、同題之三

金尊翠杓猶能醉，狐帽貂裘不怕寒。

安得驊騮三萬疋，月中鼓吹渡桑乾。（卷十三，頁 1068）

首句金尊翠杓，色澤鮮明，足助醉興。

次句狐帽貂裘，富貴氣十足

三句又寓憶舊的旨趣。驊騮三萬匹，壯哉盛哉！

四句「月中」切題，渡桑乾切景，上承驊騮三萬，鼓吹助興。

桑乾河即永定河，在幽州薊縣，由昌平縣流來，後與高梁河相合。

全詩剛柔互濟。

一一八、同題之四

誰持綠酒醉幽人？鶴氅筇枝發興新。

今夜湖邊有奇事，青山缺處湧冰輪。（同上）

同是酒醉之事，此處卻用問句推出。

鶴氅遙應上首之「狐帽貂裘」，「綠酒」遙應上首的「金尊翠杓」。

「發興新」上應「猶能醉」。

三句一轉，令人期待。

不料四句只說月出，但「青山」「冰輪」，自有一種新奇感。

化腐朽為神奇，化平凡為尖新，乃是詩人陸游之一大長技。

一一九、卯酒徑醉走筆

少時憑酒剩顛狂，摘宿緣雲欲上天。

才盡氣衰空自笑，一盃才放已頹然。（同上，頁 1068）

此詩與前詩作於同時。

首句說少年時，已切題。

二句摘宿，摘星也。「緣雲上天」中間加一「欲」字恰好與「剩」相對撑。

三句抒今。此年放翁才五十七歲，卻已有「才盡」之嘆，其實他此後還寫了二十多年的詩！

四句喝酒後頹然而倒。以之與少年時之「狂顛」作對比，意境十分鮮明。

這段時期放翁返鄉閒居，本詩的情調是煞有代表性的。

一二〇、有懷

節杖斜斜倚素屏，北窗遙夜冷如冰。

何時得與平生友，作字觀書共一燈？（同上，頁 1070）

此詩亦與前詩作於同時。

首二句寫當時實景：竹枝、素屏、北窗、遙夜，然後以一喻作結。

後二句切題抒懷：用兩句跨行說自己的願望：

與友共書共讀（或許還有共吟）。

由節杖到一燈，如畫如樂。

一二一、晝寢夢一客相過若有舊者夷粹可愛既覺作絕句記之

夢中何許得嘉賓，對影胡牀岸幅巾。

石鼎烹茶火煨栗，主人坦率客情真。（卷十三，頁 1071）

此詩亦作於同時。

陸游集中頗多夢詩，此其一也。

首二句破題：次句之描寫可謂鈎玄提要。

三句續二句，寫得更為具體真切。

四句寫主客之情態，不嫌直率。

題目上的「夷粹可愛」化為末句的「客情真」，足見題目與文本可以互補。

一二二、蔬圃絕句

擬種蕪菁已是遲，晚菘早韭恰當時。

老夫要作齋盂備，乞得青秧趁雨移。(同上，頁1077)

此詩作於淳熙八年十月。

首二句說當時（冬初）適種之農作物。

三句一轉，謂他自種自食。四句說乞得青秧，或為晚菘早韭，或為春秧。

此詩稍乏詩情。

一二三、同題之二

百錢新買綠蓑衣，不羨黃金帶十圍。

枯柳坡頭風雨急，憑誰畫我荷鉏歸？

此詩首句直述，次句對比：「綠蓑衣」和「黃金帶」相對。

三句一轉：枯柳、坡、風雨。

四句荷鋤歸，上承三句，中間加綴「憑誰畫我」，增添不少風致。

一二三、同題之三

青青蔬甲早寒天，想像登盤已墮涎。

更欲鉏畦向東去，園丁來報竹行鞭。(同上)

首二句說蔬菜在冬初已長得很好，見之垂涎。登盤，放在食盤中。

三句寫繼續耕耘。

四句謂園丁來報新筍已長成。

全詩寫在菜圃耕作的實際情況

鞭，筍之一種。

一二四、同題之四

瓦疊浮屠盆作池，池邊紅蓼兩三枝。

貪看忘卻還家飯，恰似兒童放學時。

浮屠，即浮圖，塔也。

首句以「瓦疊浮屠」作大背景，「盆作池」作小背景。

三句重在「貪看」。

以下十二字乃形容其貪看的興致。

如此句法，實屬罕見

一二五、同題之五

　　小橋只在槿籬東，溝水穿籬曲折通。

　　煙雨空濛最堪樂，從教打溼敗天公。（同上）

首二句描寫蔬圃週邊的情況。

三句為之添姿。

四句有些弔詭，打溼小橋、槿籬等等，如何謂之「敗天公」？

天公與雲作雨，其後果反須祂自己承擔乎？

一二六、同題之六

　　衝雨衝風不怕寒，晚來日出短蓑乾。

　　遠畦拾塊真為樂，莫作陶公運甓看。（卷十三，頁 1078）

　　首句自述其生活態度，次句雨止日出，短蓑溼而旋乾，象徵堅強的意志必得好報。

三句述耕作之樂。

　　四句以陶侃日運百磚以強身之典，表示自己如此耕耘，非只為強身及得蔬果，乃享受一種田園之樂。

此詩似疏實密。

一二七、同題之七

　　嬾隨年少愛花狂，且伴群兒鬥草忙。

　　行遍山南山北路，歸時新月浸橫塘。（同上）

　　首二句「愛花狂」與「鬥草忙」相對，因而「年少」（少年）與「群兒」也恍若相反了。

二者擇一，正狀放翁已老。

三句一轉，表示自己的筋力未衰。

四句以新月浸塘描寫歸途風景，簡明而有情致。

花、月、草、山俱全。

一二八、灌園

少攜一劍行天下，晚落空村學灌園。

交舊凋零身老病，輪囷肝膽與誰論？（卷十三，頁 1081）

此詩亦作於同時。

首二句句雖清新，義卻常見。二句之「落」字值得仔細品味。

三句一轉：友死我病。

四句結之：心中話語向誰訴說？

全詩由灌園說到人生感受，其實「灌園」只是一個引子

一二九、病中絕句

酒錢自昔從人乞，詩思出門何處無？

青篛織蓬菅織席，此生端欲老江湖。（卷十三，頁 1087）

此詩亦作於同時地。

首句用杜詩「賴有蘇司業，時時乞酒錢。」

次句與首句恰呈對比，然詩酒風流，仍是一家。

三句仍從另一角度說耕織生涯。

四句續上句之意。

此詩旨意前已屢見，但前二句仍富詩意詩情。

一三〇、同題之二

半脫貂裘雪滿鞍，慣將豪舉壓儒酸。

病來意氣渾非昨，一炷香煙帳底看。（卷十三，頁 1088）

首句寫軍人本色。

次句以「豪舉」綰上句，以「壓儒酸」示胸襟。

三句一大轉：病重意氣衰。

四句由轉而合：一炷香煙，帳底生涯。

軍、儒、病、衰——起承轉合。

一三一、同題之三

酒味醺人睡味濃，午時高枕到昏鐘。

經旬不見西窗日，世上應無嬾似儂。（卷十三，頁 1088）

首句寫醉臥，次句延續之。

三句又擴大之，謂昏睡多日，日上三竿猶高臥。

四句自嘲入神。

一三二、同題之四

造物今年憫我勞，微病得遂閉門高。

黃紬被暖青氈穩，不怕郊原雪意豪。(同上)

首句以造物（天公）爲主角。

次句續之，「閉門高」一語撐天。

三句又寫睡態。

四句續之，不怕雪寒。

四句全寫閉門高臥。

一三三、同題之五

青熒猶有佛燈明，點滴時聞竹露聲。

欲睡不成還起坐，麗譙風順報三更。(同上)

首二句以視覺之佛燈配聽覺之竹露聲。分別以「青熒」、「點滴」形容之，運用二狀詞加二動詞加三主語的句法。

在二句佈局之後，三句正寫主角（作者）的行動。

四句復以鐘樓之更聲作結，而「風順」是形（隱）亦是聲（顯）傅助之。

一三四、同題之六

少時談舌挾風雷，病後逢人口嬾開。

安得東皋隱君子，相看無語只銜盃。(同上，頁1089)

首句自述少年時的豪氣：舌挾風雷，巧喻，謂辯才無礙也。由各種跡象看來，陸游應是B型人，此又一証。

次句抒今：病後少言。

東皋：《新唐書·隱逸王績傳》：「游北山東皋，著書自號東皋子。」

三句用「安得」爲轉：「東皋」之隱君子，以王績爲代表人物也。

四句是重心所在：無語如我，相對飲酒。前半用李白〈敬亭山〉語：「相看兩不厭」而變化之。

三、四句實爲跨行句。

一三五、蔬園新詠之一：菘

> 雨送寒聲滿背蓬，如今眞是荷鉏翁。
>
> 可憐遇事常遲鈍，九月區區種晚菘。（同上）

此詩與前六詩作於同時。

菘，十字花科，葉闊大，淡綠，二月開花，四瓣，作十字形，色黃，花後結角，如芥。

首句寫背景。

次句自抒。

三句似自謙，或係實寫。敏銳如放翁，亦用「遲鈍」引發，不免有自嘲之意。

一三六、同題之二：蕪菁

> 往日蕪菁不到吳，如今幽圃手親鉏。
>
> 憑誰爲向曹瞞道，徹底無能合種蔬。（同上）

首二句介紹蕪菁，明白切題。

後二句用劉備典：劉備閉門種蕪菁，曹操使人窺之。劉備謂關羽、張飛：「吾豈種菜者乎？曹公必有疑意，不可復留。」輕騎夜去，往小沛，收合餘眾。

此處反用之。「徹底」二字下得悍猛，讀之亦覺痛快。然痛快淋漓之中，實含無限辛酸。

概而言之，五十餘歲的放翁，豈眞種蔬人乎！

「不到吳」與「徹底無能」之間，有一種隱涵的意思值得讀者尋味。

一三七、同題之三：蔥

瓦盆麥飯伴隣翁，黃菌青蔬放筯空。

一事尚非貧賤分，芼羹僭用大官蔥。（鄉圃有大官蔥，比常
蔥差小。）（同上，頁 1090）

首句寫放翁自己的鄉居生活，用瓦盆盛麥飯，且與隣翁爲伴。貧
得自在。

次句寫蔬食的內容。「放筯空」略現窮窘狀。

四句芼羹用小蔥，又添一、二句的風味。

三句一語平反全局：此事雖顯寒蹇，尚不足爲貧賤之分也。

一三八、同題之四：巢

昏昏霧雨暗衡茅，兒女隨宜治酒殽。

便覺此身如在蜀，一盤籠餅是豌巢。（蜀中雜麤肉作巢饅
頭，佳甚。唐人正謂饅頭爲籠餅。）（同上）

首句寫出背景。

次句描寫兒女。

三句憶舊——四川是陸游除家鄉外一生最懷念難忘的地方。

四句點題：籠餅、豌巢、巢饅頭，其實皆一物也。

末句稍平弱。

一三九、同題之五：芋

陸生晝臥腹便便，歎息何時食萬錢。

莫誚蹲鴟少風味，賴渠撐拄過凶年。（同上）

首句自詠身體及睡姿。

次句自歎其貧窮，反用《晉書・何曾傳》典：「日食萬錢，猶日
無下箸處。」

蹲鴟，即芋，見《史記正義》之註。

三句正言若反。

四句述讚芋頭之大用。

此詩本極質樸，卻用首二句默用二典爲之生色不少矣。

一四〇、雪夜

書卷紛紛雜藥囊，擁衾時炷海南香。

衰遲自笑壯心在，喜聽北風吹雪牀。（卷十四，頁 1099）

此詩淳熙八年十一月作於山陰。

首二句標出書卷、藥囊、衾、海南香，一起構成「雪夜」。

三句一轉，卻頗弔詭：衰遲、壯心，卻以「自笑」串連之。

四句破題：北風吹雪牀，卻冠以「喜聽」，與上句「自笑」相繫。

一個豐盛的夜！

一四一、雪夜之二

村路雪泥人斷行，佛燈一點絳紗明。

山前栖鶻歸何晚，磔磔風傳勁翮聲。（卷十四，頁 1099）

上一首純寫室內，只有「北風」在室外，此首則主寫室外，只有「佛燈」、「絳紗」在室內。

首句「村路雪泥」正面描寫，「人斷行」則為虛述。

次句燈、紗、明配襯得很好。

三句又綴以栖鶻。

四句是倒裝句：順序應作「風傳磔磔勁翮聲」，一方面是為了平仄合律，一方面倒裝後更有力道。

全詩以第二句烘托其他三句。

一四二、雪後尋梅偶得絕句十首之一

雪晴蕭散曳筇枝，小塢尋梅正及時。

臨水登山一年恨，十分說似要渠知。（卷十四，頁 1100）

此詩作於淳熙八年十一月，在山陰。

首二字寫天候狀況，破半題。「蕭散」自狀「曳筇」乃動作。

二句首二字寫出地點，「尋梅」半罩題。

三句用《楚辭・九辯》：「登山臨水兮送將歸。」而改綴以「一年恨」，別具韻致。

四句之「似」，猶「與」，向也。渠，指梅花。

　　一年將終，尋得梅花，向彼訴說此一年之愁恨，在山水之間，豈非梅、人、詩合一！

一四三、同題之二

　　　青帝宮中第一妃，寶香熏徹素綃衣。
　　　定知謫墮不容久，萬斛玉塵來聘歸。
　　　（橘中四叟博，輸玉塵九斛。）（卷十四，頁1101）

　　以東帝第一妃譽梅，尊之甚矣。首句破題不凡。

　　次句寫其香，寫其素潔之神韻。

　　三句似轉實承。

　　四句「萬斛玉塵」氣壯韻足。

　　《太平廣記》：「有邛人，不知姓，家有橘園，因霜後諸橘盡敗，餘有二大橘，如三四斗盎，剖開，每橘有二老叟，皆相對象戲。賭迄，叟曰：君輸我……瀛洲玉塵九斛……後日於王先生青城草堂還我耳。」此詩中把九斛改成萬斛，可謂點鐵成金。

一四四、同題之三

　　　銀燭檀槽醉海棠，老來非復錦城狂。
　　　疏梅對影太清淡，為拂焦桐彈〈履霜〉。（同上）

　　首二句回憶多年前在成都的情狀，銀燭下醉看色豔之海棠，今已不復當年狂態。以此反襯下二句。

　　三句以「疏」、「清淡」形容眼前之白梅。

　　四句以焦桐名琴彈奏〈履霜〉曲為梅助興。

　　〈履霜操〉，尹吉甫之子伯奇所作，伯奇，古之孝子也，故此曲有清越之聲。

一四五、同題之四

　　　雪裏芬芳亦偶然，世人便謂占春前。
　　　飽知桃李俗到骨，何至與渠爭著鞭。（同上，頁1102）

　　此詩首句「雪裏芬芳」破題有致，「亦偶然」三字令人一詫。

次句接得緊密復灑脫。

三句一轉，用「飽知」打頭，很有力道。

「桃李俗到骨」五字，有千鈞之重。

四句爲梅解脫。

一四六、同題之五

雙鵲飛來噪午晴，一枝梅影向窗橫。

幽人宿醉閑敧枕，不待聞香已解醒。（同上）

首句以雙鵲午晴配襯梅花。

二句正寫，「影」、「橫」有姿。

三句自稱幽人，「敧枕」之姿足與梅杭衡。

四句其實是：閑聞梅香，爲我解醒。但說成「不待聞香」，更添風致。

鵲、梅、幽人，搭配得很好。

一四七、同題之六

竹籬曲曲水邊村，月澹霜清欲斷魂。

商略前身是飛燕，玉肌無粟立黃昏。（同上）

前句佈景，二句以霜清烘梅，「欲斷魂」，可說兼及人、梅。

伶玄〈趙飛燕外傳〉：「夜雪……飛燕露立，閉息順氣，體溫舒亡疹粟。」

三句之「商略」本是商量意，在此轉爲「莫非」。以飛燕喻梅，亦是放翁之想像創造。

四句在「玉肌無粟」下加「立黃昏」三字，更見其千嬌百媚矣。

一四八、同題之七

相逢未易可疎親，不是登牆宋玉鄰。

林下風標許誰比，直須江左謝夫人。（同上，頁1103）

首二句謂我與梅花相逢，可疎可親，渾不如宋玉之與鄰女——宋玉〈登徒子好色賦〉：「然此女登牆闚臣三年，至今未許也。」

三、四句以王夫人——謝道蘊之林下風標喻梅。——《世說新語·賢媛》：「謝遏絕重其姊，張玄常稱其妹，欲以敵之。有濟尼者，並遊張、謝二家，人問其優劣，答曰：王夫人神情散朗，故有林下風氣……」

此詩連用二喻，但前一喻頗有辭費之感。

一四八、同題之八

春近山中日漸長，重重雲崦悶幽香。

神仙不飲塵凡酒，素面看人醉後狂。（同上）

首句表時序及地點。

次句寫梅之背景及幽香。「重重」與「悶」交互為用。

三句費解，或以梅為神仙。

四句素面指梅花之色，反客為主，以其素雅之姿看遊人（我）之醉狂。

一四九、夢中作

路平沙軟淨無泥，香草半茸沒馬蹄。

擣紙聲中春日晚，恍然重到浣花溪。（卷十四，頁 1110）

此詩淳熙八年十二月作於山陰。

首二句寫路寫香草，兼及馬。

此乃浣花溪之場景也。

浣花溪在成都城西五里，一名百花潭。薛濤乃唐名妓，詩人，住此處，自撰深紅小彩牋。

後二句用擣紙聲生色不少。

「恍然」二字，點出夢中光景。

此亦尚友古人之一種模式。

一五○、晨起南窗晴日可愛戲作一絕

蕭散山林一幅巾，天公乞與自由身。

茅簷不似宮墻暖，日滿南窗也可人。（卷十四，頁 1114）

此詩淳熙八年十二月作於山陰。

首句自抒，並寫出其形象。

次句足成之。「自由身」可愛可貴。

三句一抑，謂民居不如宮廷屋。

四句謂天公待人公平，日滿南窗之茅屋，也十分可愛。

一五一、春曉有感

山杏溪桃續續開，緩歌誰與共傳盃？

年來只有追歡夢，百舌無情又喚回。（同上，頁1124）

首句介紹杏桃。

次句歌酒，以問句潤色之。

三句揚，「追歡夢」上加以「只有」，甚郁。

四句一抑：百舌鳥無情──不解情趣，其聒噪之聲催破我的夢境。

它和孟浩然「處處聞啼鳥」同景異境。

一五二、口占送巖師還大梅護聖

放翁白髮已蕭然，黃紙新除玉局仙。

寄語山頭老師叔，欲分茅舍度殘年。（同一，頁1130）

此詩淳熙九年五月作於山陰。

此年放翁五十八歲，以六品奉祠成都玉局觀。前二句白、黃相對生色。

自注引常禪師云：「更移茅舍入深居。」謂護聖也。

大梅山在鄞縣東南七十里，梅子真舊隱之地。唐貞元中釋法常居之，遂成叢林，其塔院為護聖寺。

巖師即晦巖光禪師。

末二句謂欲隨巖師入寺卜居，以度餘生。

一五三、琵琶

西蜀琵琶邐迆槽，梨園舊譜〈鬱輪袍〉。

繡筵銀燭燕宮夜，一飲千鍾未足豪。

（故蜀燕王宮今為張氏海棠園。）（卷十四，頁1145）

此詩淳熙九年九月作於山陰。

邏逤槽；邏逤，唐時吐蕃之都城，即今拉薩。

樂史《楊太眞外傳》：「妃子琵琶，邏逤檀也。寺人白秀眞使蜀還獻，其木溫潤如玉，光耀可鑒，有金縷紅文，蹙成雙鳳。」

梨園在長安光化門北。開元二年正月，置教坊於蓬萊宮，玄宗自教法曲，謂之梨園弟子。

〈鬱輪袍〉：王維未冠，文章得名，妙能琵琶，春之一日，岐王引至公主第，使爲伶人，進一新曲，號〈鬱輪袍〉。

首句介紹琵琶。

次句介紹樂曲。

三句介紹奏樂地點。

四句以飲酒助興。「一飲千鍾未足豪。」似乎酒客已喧賓奪主矣。

一五四、九月晦日作

菊枝傾倒不成叢，桐葉凋零已半空。

自是老來多感慨，不應蕭瑟爲秋風。(同上，頁 1148)

此詩亦作於同月。

首句寫菊：傾倒，後三字輔之。

二句寫桐葉：凋零，亦以後三字輔之。

三句轉回自己身上：多感慨。

四句又引出秋風，又說不應爲之蕭瑟，是標準的倒裝句。

十五五、同題之二

山路清寒近探梅，振衣高處興悠哉！

飛鴻杳杳江天闊，一片愁從萬里來。(同上)

首句寫地點，並交代主要動向。

二句寫一動作以助興。

三句豁出去，寫一動物，高；寫江天，闊。

四句畫龍點睛：愁來，從八方萬里。

此詩末句顯然較上首末二句入神。

一五六、同題之三

　　錦城誰與寄音塵？望斷秋江六六鱗。

　　正使傾家供麴糵，定和不解醉愁人。(同上)

　　六六鱗：龍八十一鱗，鯉三十六鱗，此指鯉魚。

　　首句又憶念成都。

　　次句思念蜀之鯉魚，秋江之佳餚也。

　　三句一轉，謂即使全家都在釀酒。

　　四句一合：仍不能了解眞正的醉愁。此又放翁自抒愁情也。

　　由鯉及酒，聊抒鬱情。

　　人在山陰，時念錦城，是這一段時日陸游的心態。

一五七、同題之四

　　炊煙漠漠衡門寂，寒日昏昏倦鳥還。

　　數樹丹楓映蒼檜，天工解作范寬山。(同上，頁1149)

　　衡門，貧家之門戶也。

　　首句寫寂靜。

　　次句寫昏沉，著一倦鳥助景。

　　三句描二植物，色調諧和。

　　四句擴大視野，由近而遠，將好山用范寬名畫來比擬。此亦可謂凝人法之一態。

　　按宋人范寬工畫山水，理通神會，奇能絕世，體與關仝、李成特異。北宋人文同亦曾以眞山水比於范寬畫。

　　全詩三句擬畫景，一句作總結。

一五八、寓舍聞禽聲

　　日暖林梢鶌鳩鳴，稻陂無處不青青。

　　老農睡足猶慵起，支枕東窗盡意聽。(同上，頁1152)

　　此詩淳熙十年春作於山陰農家。

　　首句寫鳥鳴。

　　次句寫稻田。

三句寫出老農睡態。

四句續之，而終以聽鳥聲。

如此悠閒的農家圖，令人激賞，令人欣慰，也令人驚訝。

陸游不只是愛國詩人，也是田園詩人，這方面並不遜色於同時的范成大。

一五九、題瑩師釣台圖

羊裘老子釣魚處，開卷令人雙眼明。

未可忽忽便持去，夜窗吾欲聽灘聲。（同上，頁 1153）

此詩淳熙十年春、夏間作於山陰。

瑩師指剡溪瑩上人，在犍為時游亦與之交遊。

首句說畫之主要內容：嚴光披羊裘而釣於溪邊。

二句泛讚之。

三句一轉，引發讀者進一步的興趣。

四句解開謎題：只看景物和人物，猶嫌不足。欲藉夜色，靜聆灘聲水聲，則更入神愜心矣。

二十八字寫一畫，如此足矣。

一六〇、夜意

幌外燈青見鼠行，林梢月黑有梟鳴。

只言中夏夜偏短，萬里夢回天未明。（卷十四，頁 1156）

此詩淳熙十年五月作於山陰。

首句寫燈兼寫鼠。

次句詠林兼詠梟。

以上一純視覺，一視、聽覺俱全。

三句「中夏夜偏短」，是違反常識的說法，可謂弔詭。

四句又扶正之！萬里之夢何其遠，夢回而天未明，足見此夜之長。

因有前二句作陪，後二句便更見風致。

一六一、夜意之二

睡覺鄰雞已再啼，蓬窗燈暗雨淒淒。

東家蹇驢不用借，明日門前一尺泥。(同上)

杜甫有「東家蹇驢許借我，泥滑不敢騎朝天。」此詩側用之。

首句寫半夜醒時聞雞。

次句寫視覺形象：燈昏雨淒，內外兼顧。

三、四句巧用文典，「不用借」別具風致。

「一尺泥」是想像之辭，但試溫前二句，則知「雖不中，亦不遠矣。」

二首「夜意」，同題不同景，疑非同日所作。

一六二、軍中雜歌

三受降城無甕城，賊來殺盡始還營。

漢南漢北靜如掃，清夜不聞胡馬聲。(卷十四，頁1158)

此詩淳熙十年五月作於山陰。

東受降城在榆林縣東北八里；中受降城亦在榆林；西受降城在豐州西北八十里。初三城不置甕門及拒敵戰具，或問曰：「此邊城禦備之所，不爲守備何也？」守將唐張仁愿曰：「寇若至此，當併力出戰；回顧望城，猶須斬之，何用守備，生其退惡之心！」

首二句檃栝以上典故。

三句一轉：四野甚寧靜。

四句補足之：清夜無胡馬。

此詩實爲遊覽邊塞之記事詩，非「軍中」之歌也。

一六三、同題之二

秦人萬里築長城，不如壯士守北平。

曉來磧中雪一丈，洗盡羶腥春草生。(同上)

平州北平郡，在今河北省盧龍縣。漢武帝時詔李廣爲北平太守，匈奴聞之，號之曰漢之飛將軍，避之數載，不敢入右北平。

首二句平順，然亦有至理在焉。

三句寫陸游旅遊此處時之實景。

四句雪洗羶腥，令人一快，欲浮一大白。

末三字「春草生」，是寫實，也是象徵：和平已繼戰爭來，萬物欣欣向榮。

一六四、同題之三

匈奴莫復倚長戈，來款軍門早乞和。

鐵騎如山尚可避，飛將軍來汝奈何！（同上，頁1159）

首二句說匈奴求和之狀。

三、四句以中原強人的口吻說話。飛將軍指李廣。

一六五、同題之四

三月未春冰塞川，冬月芳寒雪闇天。

紫髯將軍曉射虎，嚇殺胡兒箭似椽。（同上，頁1159）

前句寫北方天候之寒，以三月冰塞川爲意象。

次旨逆述冬日苦雪。

三句用《三國志》注語：張遼問吳降人，向有紫髯將軍，長上短下，便馬善射，是誰？降人答曰：是孫會稽。

三句借孫權以代我邦勇將。

四句繼之，「箭似椽」過於誇張。

一六六、同題之五

漁陽女兒美如花，春風樓上學琵琶。

如今便死知無恨，不屬番家屬漢家。（同上，頁1160）

漁陽在今北京市一帶，首句說女兒，是一突破。

次句出琵琶，更添姿色。

三句死無恨，主語應爲出征或戍守之男兒。

四句謂我乃漢家男子，漢家有如此美好的「兒女」，所以死而無憾。

一六七、秋雨漸涼有懷興元

　　十年前在古梁州，痛飲無時不懷愁。

　　最憶夜分歌舞歇，臥聽秦女學箜篌。（卷十五，頁 1169）

　　首句憶舊，古梁州在今河南省。

　　次句寫當時之生活：痛飲、懷愁，用了倒裝句法：無時不痛飲，無時不懷愁。

　　三句「歌舞歇」，表示有歌有舞。

　　四句秦女箜篌，是另一種樂器，及另一種情調，最令人難忘者。

一六八、同題之二

　　清夢初回秋夜闌，床前耿耿一燈殘。

　　忽聞雨掠蓬窗過，猶作當時鐵馬看。（同上）

　　首句說明時間。「清夢」亦暗示地點。

　　次句寫殘燈。

　　三句寫驟雨。

　　四句用「鐵馬」喻，正貼合當時戎馬生涯。

一六九、飲春店夜歸

　　致主初心陋漢唐，暮年身世落農桑。

　　草煙牛跡西山口，又臥旗亭送夕陽。

　　此詩淳熙十年八月作於山陰。

　　首句頗自負，謂自己致君堯舜上之志行更勝漢唐之名臣及詩人。

　　次句直述今之境遇。

　　三句述景，四句繼之，以臥旗亭、送夕陽代表現在的逍遙自在生活。

一七○、同題之二

　　灎灎村醪君勿辭，橙椒香美白鵝肥。

　　醉中忘卻身今老，戲逐螢光躪雨歸。（卷十五，頁 1172）

　　首句寫村醪，並假擬一對話。

　　二句加綴三食物，有素有葷有水果。

三句合一、二句成醉，成忘。

四句又有螢光相伴，雨聲相襯。

村居生活之逍遙，半盡於此矣。

一七一、秋夜觀月

夢回殘燭耿房櫳，杳杳江天叫斷鴻。

病骨不禁風露重，披衣小立月明中。（同上，頁1175）

此詩淳熙十年八月作於山陰。

首句夢、燭、房櫳。

次句江天、斷鴻。

三句病骨（己身）和風露。

四句披衣、月明。

九個意象，完成一齣小劇。

殘燭、江天、斷鴻、風露、月明，在在映襯著老病的作者。「觀」字反不彰顯。

一七二、同題之二

誰琢天邊白玉盤，亭亭破霧上高寒。

山房無客兒貪睡，常恨清光獨自看。（同上）

李白〈古朗月行〉：「小時不識月，呼作白玉盤。」

首句用李白的比喻加上想像的動作「琢」。

次句繼續演述。

三句說無人醒著

四句延續：遺憾佳月只獨看。

此詩「觀」字著力。

一七三、枕上

香冷燈昏夢自驚，清愁冉冉帶餘酲。

夜長誰作幽人伴，惟是蛩聲與月明。（同上）

此詩與上二詩作於同時。

首句比前詩增一意象——「香」。

次句又是醉，又是愁。「冉冉」狀愁如煙或香之上升或飄飛。

三句再寫孤獨寂寞之狀。

最後以蛩聲、月色作伴。

「枕上」與前題「秋夜觀月」雖不同，其意境則大同小異。

一七四、夜聞鄰家治稻

　　一頃春蕪廢不耕，半生名宦竟何成？

　　歸來每羨農家樂，月下風傳打稻聲。（卷十五，頁1177）

此詩亦作於同時。

首句自述家中田地現況

二句自嘆一事無成。

三句潑開去，羨鄰居之農家。

四句畫龍點晴，切題而抒，也就不必進一步描述打稻聲的特色了。

一七五、贈貓

　　裹鹽迎得小狸奴，盡護山房萬卷書，

　　慚愧家貧策勳薄，寒無氈坐食無魚。（同上）

此詩亦作於同時。

曾幾〈乞貓詩〉：「春來鼠壞有餘蔬，乞得狸奴亦已無。青蒻裹鹽仍裹茗，煩君為致小於菟。」

裹鹽似指貓食，首句以之迎貓。

二句說明貓之工作與功能：護書逐鼠。

三句說家貧。

四句細寫貧之實狀：坐無毯，食無魚。既無魚，餵貓之禮數自不免有所虧缺。

詩小意馨。

一七六、小舟航湖夜歸書觸目

雲黑風號不見星，古丘叢木聚精靈。

舟人已過微相語，兩兩三三鬼火青。（卷十五，頁1181）

此詩亦作於同時。

首句寫夜色夜聲。所謂「月黑風高之夜」是也。

二句補叢木丘陵。「聚精靈」乃虛設語。

三句寫舟人微語。

四句寫所謂「鬼火」，「兩兩三三」自具風致。

四句配合得甚好。

一七七、同題之二

電掣半空雲黯黮，船浮積水浪憑陵。

茫然不辨身何處，猶喜東南見塔燈。（同上）

首句電、雲。

次句船、浪。

三句自己茫然。

四句見塔燈。由茫然之情轉為喜悅。

全詩一揚一抑，一抑一揚。

一七八、同題之三

遙望湖塘炬火迎，才歸村舍雨如傾。

畏途回首知安在，催喚兒童暖酒鐺。（卷十五，頁1182）

此詩是採遙望的角度起興。

首句湖塘隱約，炬火明亮。

二句雨如傾盆，是近景。

三句是下一步驟：回家後回顧方才之雨途。

四句乃第三步驟：催童暖酒，以驅雨寒。

循序而進，第三句乃轉折點。

一七九、雨後散步後園

淡日輕雲未快晴，涓涓溝水去無聲。

爲憐一徑新苔綠，別就牆陰取路行。（同上，頁1184）

此詩亦作於同時。

首句寫當日天候。

次句寫溝水。

三句寫綠苔。

四句由三句延伸，說明取徑牆陰之原由。

日、雲、水、苔、牆、路，人在其中，平實樸素。

一八〇、同題之二

澤國霜遲木未疎，秋來更覺愛吾廬。

芭蕉綠潤偏宜墨，戲就明窗學草書。（同上）

首句因霜遲而木未凋。

次句秋景秋思。

三句用懷素典：疎放不拘細行，飲酒以養性，草書以暢志。貧無紙，乃種芭蕉萬餘株以供揮灑。

「偏宜墨」三字尤爲有致。

四句以戲字打頭，增加墨趣。

四句之「就明窗」隱隱約約地，與次句的「愛吾廬」相呼應。

一八一、紹興庚辰余遊謝康樂石門與老洪道士痛飲賦詩既還山陰王仲信為予作石門瀑布圖今二十四年開圖感歎作

二十餘年別石門，燈前感舊欲消魂。

人生萬事皆如夢，自笑區區記劍痕。

此詩淳熙十年九月作於山陰。

按庚辰即紹興三十年，游自福州北歸。青田縣石門爲自永嘉至括蒼所必經之地。王廉清，字仲信，汝陰人，問學該博。

石門洞，在浙江處州府青田縣西七十五里。兩峯壁立，高數十丈，

相對如門，因以爲名。

首句交代時地。

次句抒見圖之感。

三句發揮人生如夢幻之旨意。

四句劍痕用《呂氏春秋‧察今》典：「楚人有涉江者，其劍自舟中墜於水，遂契（刻也）其舟曰：是吾劍之所從墜。舟止，從其所契處入水求之。舟已行矣，而劍不行，求劍若此，不亦惑乎？」

此處劍痕，指政治失意事，時游爲樞臣張燾言曾覿、龍大淵招權植黨，孝宗怒而貶游出朝，詩語乃勉爲達者之言。（以上據錢仲聯說）

「自笑」二字，揮盡不平心緒。

此借題（圖書）發揮之作也。

一八二、悲秋

> 形骸枯槁病侵陵，少睡長飢一老僧。
> 霜夜羈愁更無賴，莫收書策且留燈。（卷十五，頁1192）

此詩亦作於同時。

首句自描自抒。

次句以己擬僧。「少睡」寫實，「長飢」乃夸飾語。

三句寫當夜有霜，無賴，無聊也。

四句謂留燈讀書。

此凡言也。

一八三、同題之二

> 蕭蕭衰鬢點新霜，人靜房櫳易斷腸。
> 等是閉門愁裏過，任教風雨壞重陽。（同上）

首句寫衰體白髮。

次句人靜而斷腸。

三句閉門生愁。

四句風雨損重陽之趣。「壞」字入神。

衰、斷腸、愁、壞，四詞一以貫之。

一八四、同題之三

　　小雨簾櫳慘淡天，醉中偏藉亂書眠。

　　夢回有恨無人會，枕伴橙香似昔年。（同上，頁1193）

　　首句說天候。

　　次句詠醉態──「藉亂書眠」頗為風雅。

　　三句淒切。

　　四句忽一揚：枕伴橙香，別有一種溫馨之感，且可藉此懷念往昔。

　　此詩半喜半哀。

一八五、月下

　　月白庭空樹影稀，鵲棲不穩繞枝飛。

　　老翁也學癡兒女，撲得流螢露溼衣。（卷十五，頁1194）

　　此詩亦作於同時。

　　首句詠月光、庭院、樹影，由上而下。

　　次句詠鵲，有「繞枝飛」之動作。

　　三句自抒。

　　四句撲螢溼衣，活潑清新。

　　兩句大自然，兩句人事中有大自然。

一八六、寄題朱元晦武夷精舍

　　先生結屋緣巖邊，讀《易》懸知屢絕編。

　　不用采芝驚世俗，恐人謗道是神僊。（卷十五，頁1201）

　　此詩亦作於同時。

　　朱熹武夷精舍：武陵溪東流凡九曲，第五曲最幽深，朱子在此築精舍。

　　讀《易》句用《史記‧孔子世家》語：「讀《易》韋編三絕。」

　　首句破題。

　　次句謂朱子效法孔子讀《易》，「絕編」意指研讀之勤。

　　三句一轉，不採芝，不駭俗。

四句恐人誤會朱子亦求仙之士。

因爲朱子之學，亦偶涉佛、道，故三、四句作如是說。

一八七、同題之二

身閑剩覺溪山好，心靜尤知日月長。

天下蒼生未蘇息，憂公遂與世相忘。（卷十五，頁 1202）

首句詠溪山之好。

次句吟心靜之美。

三句一轉一抑。

四句一揚：公素爲天下蒼生憂，但隱居此地時，則暫與塵世相忘。

一八八、同題之三

山如嵩少三十六，水似邛郲九折途。

我老正須閑著處，白雲一半肯分無？（同上）

首句謂武夷山亦有三十六峰，正好與嵩山少室山相比。

次句謂武夷有九曲溪，亦可與四川榮經縣之九折坂相擬。

三句拉合到自己身上。

四句謂武夷山水，可否讓我分享？用倒裝句法：肯分一半白雲與我否？以白雲代山水風景。

一八九、無題

碧玉當年未破瓜，學成歌舞入侯家。

如今顦顇蓬窗裏，飛上青天妒落花。（卷十五，頁 1205）

此詩亦作於同月。

碧玉：樂府〈碧玉歌〉：「碧玉小家女。」按瓜字破之爲兩個八字，言其二八十六歲也。

二句續之，小小年紀進入侯家爲歌舞女。

三句謂今日已衰老憔悴。「蓬窗」與「侯家」正相對應。

四句「飛上青天」或指將仙逝。「妒落花」，乃妒落花之猶勝自己。亦可解作妒落花之飛上青天

一九○、太息

閑將白髮照清溝，太息年光逝不留。

勳業無期著書晚，此生與世判悠悠。（卷十五，頁1213）

此詩淳熙十年十月作於山陰。

首句以「閑」打頭，使「白髮照清溝」此一動作也變得瀟灑些。

二句平直。

三句自謙自慨。

四句一面說自己與人不同，一面聊表悠悠之情。

一九一、夜坐油盡戲作

金樽畫燭少年豪，白首孤燈不厭勞。

夜漏雖深書未竟，半缸誰與續殘膏？（同上）

此詩亦作於同時。

首句回憶當年。

次句詠今。以「孤燈」對「畫燭」，以「白首」對「少年」，以「不厭勞」對「豪」，參差歷落。

三句詠勤讀，承續二句。

四句「誰與續殘膏」由「畫燭」、「孤燈」變化而來，且又一次強調了「孤」字。

一九二、同題之二

欲盡殘燈更有情，可憐剪斷讀書聲。

區區紙上太癡計，一笑開門看月明。（卷十五，頁1215）

首句直承上首，度出「更有情」三字，添加詩情。

次句詠剪燭芯，「剪斷讀書聲」更俏。

三句一抑，謂讀書多近癡。

四句一轉一揚：一笑，開門，看月，七字三階段，使全詩意境上升。

一九三、晚同僧玉谿上

眈眈臥石熊當道，矯矯長松龍上天。

不怕雪雲寒到骨，喚僧扶杖立橋邊。（同上，頁1223）

此詩淳熙十年十月、十一月間作於山陰。

首句揉合二典：《易・頤》：「虎視眈眈。」《北史・王羆傳》：「老羆當道臥。」以此描寫石姿。

次句寫松。「龍上天」亦妙喻也。

三句以雲伴雪。

四句破題而抒。

全詩二句寫景，二句寫人。

一九四、山店賣石榴取以薦酒

山色蒼寒雲釀雪，旗亭據榻興悠哉！

麴生正欲相料理，催喚風流措措來。（卷十五，頁1224）

此詩亦作於同時。

首句寫天候山色，「雲釀雪」若眞若幻。

次句安臥。

三句飲酒。

四句亦石榴亦少女。段成式《酉陽雜俎》：「緋衣小女，姓石，名阿措，即安石榴也。」

四句之「措措」，可兼指石榴與少女。

一九五、宴坐

鼓樂弦歌萬二千，天魔剩欲破幽禪。

道人袖手心如水，一點紗燈夜悄然。（同上，頁1225）

此詩亦作於同時。

首句夸飾。

次句或指女樂。

三句七字極爲幽美。此一轉不啻雲泥。

四句以紗燈輔之。全詩繁華落盡歸悄默。

一九六、野興

玉門關外何妨死，飯顆山頭不怕窮。

春甕已成花欲動，了無一事著胸中。（卷十六，頁 1248）

此詩淳熙十年閏十一月、十二月間作於山陰。

《後漢書·班超傳》：「但願生入玉門關。」

李白詩：「飯顆山頭逢杜甫。」

首句詠英雄之壯志。

次句吟詩人窮而後工。

三句寫花寫酒。

四句寫作者之大瀟灑大超脫。

英雄，詩人，春花，美酒，合而為一。

一九七、野興之二

猨臂將軍老未衰，氣吞十萬羽林兒。

南山射虎自堪樂，何用封侯高帝時！（卷十六，頁 1249）

《史記·李將軍列傳》：「廣為人長，猨臂，其善射亦天性也。」

首二句謂李廣老當益壯，氣吞萬夫。

三句用南山射石以為是虎、箭透入石中之典。

四句又用史記李廣傳：「而文帝曰：惜乎子不遇時！如子當高帝時，萬戶侯豈足道哉！」然反用之。

人生在世，貴在快意：功名富貴，不足道也！

此詩用一古人故事，說出胸中心事。

一九八、湖村野興

十里疏鐘到野堂，五更殘月伴清霜。

已知無奈姮娥冷，瘦損梅花更斷腸。（卷十六，頁 1251）

此詩淳熙十年十二月作於山陰。

首句鐘聲、野堂，清疏。

次句殘月，清霜，冷雋。

三句嫦娥碧海青天。

四句梅花瘦損斷腸。

此詩意境，歡不敵愁。

一九九、同題之二

山色空濛雨點微，醉中不覺溼蓑衣。

何妨乞與丹青本，一棹橫衝翠靄歸。(同上)

首句詠山色兼詠雨。

次句接續之，但表出主角已醉。

三句忽然冒出一句：這一切可作畫材。

四句更把實際場景補述清楚：一舟獨航，四週是一片翠靄。「橫衝」二字有神。

首句變自蘇軾〈飲湖上初晴後雨〉：「山色空濛雨亦奇。」易二字而成陸詩。

二○○、過杜浦橋

橋外波如鴨頭綠，杯中酒作鵝兒黃。

山茶花下醉初醒，卻過西村看夕陽。(卷十六，頁 1253)

杜浦橋，在山陰縣西北十一里漕河旁。自此而南，煙水無際，鷗鷺翔集。

首二句寫景兼抒情。「鴨頭綠」、「鵝兒黃」之對仗渾然天成。

三句以山茶花綴景助情，此花色黃而淺。

四句夕陽色紅。

全詩以畫景抒情。

二○一、同題之二

橋北雨餘春水生，橋南日落暮山橫。

問君對酒胡不樂？聽取菱歌煙外聲。(同上，頁 1254)

首句橋、雨、春水，溶成一片。

次句橋、日，暮山，亦不可分。

三句一抑。「不樂」恐是虛擬之情。

四句畫龍點睛：聽煙波外之菱歌聲。此境如仙如幻。第三句只是反襯前後三句。

二〇二、曉枕

曉枕鶯聲帶夢聽，忽看淡日滿窗櫳。

閑愁誰遣濃如酒，醉過殘春不解醒。（卷十六，頁 1267）

此詩淳熙十一年三、四月間作於山陰。

首句以鶯為主角，我則為隱藏的第二主角。「帶夢聽」甚有味。

二句乍醒，旭日已臨窗，「淡日」入神。

三句用巧喻。

四句酣醉不醒，似以此歡送殘春。

全詩濃中孕淡，甚有風致。

二〇三、雜興

鰻井初生一縷雲，鮑郎山下雨昏昏。

艣聲嘔軋秋空曉，水際人家尚閉門。（卷十七，頁 1332）

此詩淳熙十二年秋作於山陰。

鰻井在越州應天寺，一大磐石上，其高數十丈，井才方數寸，乃一石竅也，其深不可知。鰻將出遊，人取之置懷袖中，了無驚猜。

鮑郎山，在會稽府南二里二百四步，隸山陰。鮑郎，東漢人，生好獵，死葬於此，兒忽夢郎更生，急開棺視之，屍儼然，但無氣爾。人試之，頗有靈驗。

首二句巧用地名（二者皆為魚旁），雲、雨並陳。

三句寫在舟中，並示季節及時間。

四句詠人家尚閉門高臥。

三句之艣聲衝破一片寂靜。

二〇四、雜興之二

孤夢初回揭短篷，橋邊曉日已瞳矓。

太平氣象君知否，盡在豐年笑語中。（同上，頁 1333）

此詩緊接上詩。

首句接續上詩之第三句，詠舟上初醒。

二句亦接之，由「秋空曉」變成「曉日已瞳曨」，甚爲自然。

三句大開：由一景擴伸至整個時代。

四句以豐年笑語作結。然與前二句不免有縫隙矣。

二○五、雜興之三

古寺高樓暮倚闌，野雲不散白漫漫。

好山遮盡君無恨，且作滄浪萬里看。(同上)

此詩另換場景及時間，寫暮景。古寺、高樓爲背景，一人倚闌爲正景。

二句補述天象。

三句以山爲主體，卻被白雲遮盡。

四句妙喻佳想：雲山萬里，猶如大片海洋，無盡無涯。

「且作」二字有味。

全詩中「野雲」大有喧賓奪主之勢，山在若有若無之中。

二○六、聞傅氏莊紫笑花開急棹小舟觀之

日長無奈清愁處，醉裏來尋紫笑香。

漫道閑人無一事，逢春也似蜜蜂忙。(卷十七，頁1361)

此詩淳熙十三年春作於山陰。

首句日長清愁。

次句寫醉，尋花。

三句一抑。

四句大揚，且用妙喻：吾似蜜蜂。

首清愁，次醉，三閑，四忙。妙契放翁晚景。

忙爲閑中之調劑。

二〇七、社日小飲

社雨霏霏浥杏花，農家分喜到州家。

蒼鵝戲處塘初滿，黃犢歸時日欲斜。（卷十八，頁 1441）

此詩淳熙十四年春作於嚴州任所。上一年起知嚴州。

首句寫時景：雨、杏花。

次句明述己為太守，分享農家之樂。

三句寫蒼鵝，四句詠黃犢。「塘初滿」、「日欲斜」對仗得工，且皆有風致。

二〇八、曉雨

平明小雨壓香塵，遠舍扶疏綠漸勻。

睡過花時慵著句，老來春事不關身。（卷十八，頁 1445）

此詩淳熙十四年春作於嚴州任所。

首句雨壓香塵，「壓」字是詩眼。

次句「漸勻」為句中眼。

三句「睡過花時」，曉間乃開花時間乎！

四句故作瀟灑狀，既曰「春事不關身」，何來如此多的春天詩！

二〇九、同題之二

東風吹雨送殘春，冉冉年光次第新。

君看枝頭如許綠，爭教桃李不成塵！（同上）

首句風吹殘春。

次句年光又新。恍似弔詭之辭。

三句寫枝頭之綠，暮春光景乎！

四句又下辣筆：桃李將凋，次第化為塵土。「爭教」二字，有無可奈何之慨。

二一〇、喜小兒病愈

喜見吾家玉雪兒，今朝竹馬遶廊嬉。

也知笠澤家風在，十歲能吟〈病起詩〉。（卷十九，頁 1471）

此詩淳熙十四年冬作於嚴州任所。

小兒，指幼子子遹，亦作子聿、子緯，又稱十五郎，後亦曾知嚴州。

首句稱子遹爲「玉雪兒」，足見其疼愛之深。

二句描述他病愈後活潑快樂的情狀。

三句似轉實承，笠澤乃陸游自稱，所謂「家風」，即作詩也。

四句承之，十歲小兒子竟作出〈病起詩〉來。眞可謂「虎父無犬子」矣！

這是一首平實可喜的生活詩。

二一一、五鼓入城

道旁竹樹露如傾，帶睡悠悠十里行。

曉色未分煙尚重，壓城樓閣已崢嶸。（卷二十，頁 1538）

此詩淳熙十五年八月作於山陰。

首句「露如傾」甚爲新鮮，應是實寫。

次句述己之入城，「帶睡」猶言「帶夢」。

三句再寫景，乃向上方看去。

四句再添樓閣之姿。「壓城」下應「崢嶸」，氣韻十足。

二一二、新秋

短髮蕭蕭失舊青，此身已看作郵亭。

新秋無限淒涼意，盡付風蟬與露螢。（卷廿一，頁 1617）

此詩紹熙元年秋作於山陰。

首句詠己之老。古人對顏色常混淆不分明。青者，黑也。

次句續首句意，「郵亭」，暫居之所也。

三句切題。

四句說付給蟬與螢，二物正代秋天。其實是「委諸大化」的意思。

此時陸游六十六歲，還有二十年可活呢。

二一三、縱筆

文叔一人知此翁，洛陽城裏又春風，

讓他綠鬢好年少，二十四歲作三公。（卷廿二，頁 1639）

此詩作於紹熙二年春，在山陰。

首句指光武帝知嚴光之事。

洛陽城，東漢京都也。二句謂光武召會嚴光敍舊。

三句一轉，別有深意。

四句反用《漢書・佞幸董賢傳》：「是時賢年二十二，雖為三公，常給事中，領尙書。」典。詩中改為「二十四」，當為顧及平仄也。

全詩意旨是：官位大小，並不重要；人品高下，方關千秋聲名。

二一四、縱筆之二

一紙除書到海邊，紫皇賜號武夷仙。

功名敢道渾無意，暫作閑人五百年。（卷廿二，頁 1639）

此詩從實說自己的遭際。

首句指朝廷下詔。

次句以道教三最高天帝之二紫皇喻光宗。

趙翼〈陸放翁年譜〉：「（紹熙）二年辛亥，先生年六十七。……繫銜書中奉大夫提舉建寧府武夷山冲觀。」故陸游乃自稱「武夷仙」。

三句自抒心志。

四句「五百年」夸飾，「暫作閑人」，「暫」字頗為逗趣。

此詩似隱約以嚴光自比。

二一五、春雨絕句

恰喜西窗晚照明，虛簷又報雨來聲。

端憂不用占龜兆，壞盡花時自解晴。（卷廿二，頁 1641）

此詩紹熙二年春作於山陰。

此詩細寫半晴半雨光景。

首句寫晚晴。

次句詠雨來湊趣。

三句「端憂」出於謝莊〈月賦〉：「陳王初喪應、劉，端憂多暇。」「不用占龜兆」，謂灑脫之人，自有超解之方法。

四句謂老天有靈，下雨凋壞花朵之後，自會放晴。

此乃以晴雨作爲作者與天公之間的遊戲。

二一六、同題之二

千點腥紅蜀海棠，誰憐雨裏作啼妝？

殺風景處君知否？正伴鄰翁救麥忙。（卷廿二，頁 1641）

首二句寫四川海棠之嬌態。「誰憐」有意思。

三句殺風景出自〈西清詩話〉：「義山〈雜纂〉，品目數十，蓋以文滑稽者。其一曰殺風景，謂清泉濯足、花上曬褌、背山起樓、燒琴煑鶴、對花啜茶、松下喝道。」

上述六目中尤以「對花啜茶」一目最爲費解。

此處卻以四句伴鄰翁救麥充數，思之可發一噱。

春雨淋麥，陸游乃助人搶收也。此比海棠啼妝更爲吃緊。

二一七、同題之三

天公似欲敗蠶繅，雨冒南山暮不收。

駃女癡兒那念此，貪看科斗滿清溝。（卷廿二，頁 1642）

首二句謂天公苦雨，久久不歇，似將毀卻蠶桑事。

三句一大轉：謂小兒女不知民生疾苦。

四句正寫：他們貪看雨中清溝中的蝌蚪。「清溝」爽神。

二一八、同題之四

今年春半不知春，飛雹奔雷嚇殺人。

縫得春衫元未著，免教惆悵洛陽塵。（同上）

首二句遺憾不已，「春半不知春」語輕意重。

二句雹雷齊作，確實嚇人。

三句再添一憾。

四句用陸機〈爲顧彥先贈婦〉語：「京洛多風塵，素衣化爲緇。」濃縮而反用之。

全詩愁驚而不失灑落。

二一九、同題之五

梅中最晚是緗梅，一日來看欲百回。

俗紫凡紅終避舍，不妨自向雨中開。（同上）

首句緗梅，入春猶開，故云。

次句用杜甫〈三絕句〉語：「一日須來一百回。」改用「欲」字甚洽。

三句以「俗紫凡紅」形容其他花卉。

四句「不妨」好，「自向雨中開」似讚春雨，與前二首全然不同。

二二〇、同題之六

蕭條冬令侵春晚，淅瀝寒聲滴夜長。

更事老翁頑到底，每言宜睡好燒香。（同上）

首句因春雨久而多，乃謂冬令侵春，喻其寒冷也。

次句狀雨。

三句自稱，「頑」與「更事」對擎。

四句又稱春雨的好處：雨夜適合好睡，並以「燒香」輔之。

二二一、湖上小閣

蒲萄初紫柿初紅，小閣憑闌萬里風。

莫怪年來增酒量，此中能著太虛空。（卷廿三，頁 1697）

此詩紹熙二年秋作於山陰。

首句呈獻二果，紫、紅二色交映，二「初」字亦有精神。

二句以「萬里風」為小閣添姿。

三句一大轉：酒酣量增。

四句直讚小閣之佳：太虛空者，大自在也。

二二二、書陶靖節桃源詩後

寄奴談笑取秦燕，愚智皆知晉鼎遷。

獨為桃源人作傳，固應不仕義熙年。（卷廿三，頁 1701）

此詩亦作於同時。

宋武帝劉裕，小字寄奴。晉義熙十三年，滅後秦；義熙六年，滅南燕。淵明曾祖爲晉之宰相，故劉宋後所著文章皆題甲子。

首二句說時移世遷。

末二句謂陶淵明獨爲桃源中人以詩作傳，暗示不滿新朝之意。義熙之年尚解印不仕，況永初以後乎！

末句稍弱。

二二三、秋晚思梁益舊遊

幅巾筇杖立籬門，秋意蕭條欲斷魂。

恰似嘉陵江上路，冷雲微雨溼黃昏。（卷廿三，頁 1703）

此詩亦作於同時

首二句描述自己的姿貌及心境。

三句憶舊：當年在四川一帶的情況。

四句以雲雨溼人作結。「溼黃昏」與「秋意蕭條」互相呼應。

二二四、同題之二

憶昔西行萬里餘，長亭夜夜夢歸吳。

如今歷盡風波惡，飛棧連雲是坦途。（同上）

首句西行指四川之行，詳見其所著《入蜀記》。

次句憶當年旅途思念故里。山陰雖爲浙江地方，仍可歸於廣義的「吳」。

三句一大轉，此際放翁固已歷盡滄桑矣，遭人一再惡意糾彈因而罷官是其中最重要者。

連雲棧，在褒城縣北。秦棧道千里，通於蜀漢，其長四百二十里。自鳳縣東北草涼驛爲入棧道之始，至褒城之開山驛，路始平。

四句謂如今心如止水，那怕連雲飛棧，亦視作坦途矣。

二二五、同題之三

> 滄波極目江鄉恨，衰草連天塞路愁。
>
> 三十年間行萬里，不論南北怯登樓。（卷廿三，頁1703）

首句寫水波，次句寫衰草，一樣引人恨意及愁思。「極目」、「連天」對峙，頗見力道。

由紹興廿七年（三十三歲）任福州寧德縣主簿算起，如今放翁已六十七歲，足足三十四年矣。

四句「不論南北」，乃喻其一生奔走之遠；「怯登樓」，不是患了恐高症，是怕登高望遠愁更愁。

「登樓」與前「極目」、「連天」呼應。

二二六、自喜

> 半生羈宦走人間，醉裏心寬夢裏閑。
>
> 自喜如今無一事，讀書才倦即遊山。（卷廿三，頁1705）

此詩亦作於紹熙二年秋，在山陰。

首句總括平生。

次句寫己心胸之開闊，然似只限醉中和夢裏。清醒時如何？如人飲水，冷暖自知。

三句說今日之全閒。

四句詠他之二嗜：讀書、遊山。

倘若再補一事，即二句提及的飲酒。

此詩寫盡放翁晚年心情及行為。

二二七、重九後風雨不止遂作小寒

> 病軀剩喜即清秋，殘暑無端抵死留。
>
> 風雨掃除雖一快，凋年搖落已堪愁。（同上）

此詩亦作於同時。

此作顯示三種氣候：

一、新秋：為我病體最喜者。

二、殘暑：既言「無端抵死留」則為陸游所厭者可知，此即世俗

所謂「秋老虎」。可能與「新秋」間雜並存。

三、風雨：掃除殘暑是一功，卻引來「凋年搖落」。

此詩由喜而愁，卻包涵三種幾乎同時存在的氣候變化，亦可謂人與天應了。

二二八、同題之二

　　菊枝欹倒不成叢，井上梧桐葉半空。

　　射虎南山無復夢，雨蓑煙艇伴漁翁。(同上，頁 1706)

首句詠菊，次句詠梧桐葉，皆實寫上首末句所展示的「凋年搖落」。兩句似對非對，但菊之溫柔與梧桐之壯闊確爲佳對。

三句用杜甫〈曲江三章章五句〉意：「故將移住南山邊，短衣匹馬隨李廣，看射猛虎終殘年。」此地是反用。但李廣射虎，亦不過射一頑石而已！

四句才眞正寫出放翁自己的身影：著雨蓑，在煙艇中，伴漁翁垂釣。（亦可解作自己即是漁翁，與蓑、艇相伴。）

二二九、同題之三

　　夜長稚子添書課，霜近衰翁憶醉鄉。

　　儘道吳中時節晚，菊花也有一枝黃。(同上)

首句詠兒子。

次句自抒。按唐人王績有〈醉鄉記〉。醉鄉於放翁，乃一安樂鄉。

二句互相對比。

三句一轉，泛說季候之變

四句獨詠菊花。「也有一枝黃」者，仍有一枝倖存於斯也。

此句與上首之「菊枝欹倒不成叢」恰好互相呼應。

二三〇、夢海山壁間詩不能盡記以其意追補

　　碧海無風鏡面平，潮來忽作雪山傾。

　　金橋化出三千丈，閒把松枝引鶴行。(同上，頁 1713)

此詩亦作於同時。

首句詠碧海，波平浪靜，一喻甚熟。

次句以「雪山傾」喻海潮，則較突出，氣韻不凡。

三句乃夢中奇景，活用李白「白髮三千丈」句意。

四句由豪轉婉：一松枝，一白鶴，而主人翁則若隱若現。

此詩圖畫性甚強，令人有如身歷其境。

陸游一生夢詩甚多，恐為中國古典詩人之冠，晚年尤夥，此為一代表作。

二三一、同題之二

　　海上乘雲滿袖風，醉捫星斗躡虛空。
　　要知壯觀非塵世，半夜鯨波浴日紅。(同上)

首句破題，「乘雲」接風，甚愜人意。

次句似李白氣象，蓋夢境無礙真實也。

三句點明題意，然終是弱句。

四句用劉禹錫〈送源中丞充新羅使〉「日浴鯨波萬頃金。」句意，然半夜浴日，終是夢景。鯨波，大波濤中見鯨影也。

此詩亦甚壯觀，然三句和盤托出，反減少筆力及風致。

二三二、同題之三

　　一劍能清萬里塵，讒波深處偶全身。
　　那知九轉丹成後，卻插金貂侍帝宸。(同上)

首句瀟灑之至，亦雄壯之至。

次句用劉禹錫〈浪淘沙〉「莫道讒言如浪深」句意，意指自己身歷受讒被貶諸事。

三句出自《抱朴子‧金丹》：「九轉之丹，服之三日得僊。」意指歷受磨鍊後。

四句貂蟬冠為侍中所戴。按陸游仕途未嘗任侍中或其他內侍之官，此純係夢境。或者正是心理學家所謂「補償作用」使然，現實中未得之物事，每得之於夢中。

二三三、壁老求笑菴詩

臺省諸公六出奇，江湖狂客一生癡。

無人爲問淨光老，撫掌掀髯端爲誰？（卷廿四，頁 1765）

此詩紹熙三年夏作於山陰。壁老不詳。

首句用《史記・陳丞相世家》「凡六出奇計」語意，而故意泛言之。

次句自抒。

三句淨光老疑即壁老。

四句說壁老撫掌又掀髯，此一笑甚爲神祕，端的爲誰？爲台省諸公？爲江湖狂客？

放翁的答案，恐是後者。

二三四、同題之二

車馬往來塵暗天，淨光欣喜接諸賢。

半甌春茗無多費，且結來生一笑緣。（同上）

由此詩看來，淨光師爲一廣結善緣之高僧。

首句用「塵暗天」形容「車馬往來」，不知另有寓意否。

次句「欣喜」直應題目中之「求笑菴」。

三句一抑，卻是不可缺少的交代。

四句云結緣於來生，則高矣遠矣。

「塵暗天」或者用以反襯其他三句之意境，甚至作爲全詩的大場景。

二三五、夜不能寐復呼燈起坐戲作

吳中秋半暑未退，今歲雨多如許涼。

藥鼎熒熒伴孤寂，三更袖手聽啼螿。（卷廿五，頁 1786）

此詩紹熙三年秋作於山陰。

首句詩意前已屢見，次句亦然。一暑一涼，交相爲用，造成本詩的主旋律。

三句一轉，藥鼎孤燈，寂寞老人。

四句由抑而小揚，袖手聽啼螿，是孤寂之再映現，亦是孤獨之突破。

暑——涼：孤寂——有聲，足以兩兩映照。

陸游善寫節候詩，此又一例。

二三六、紅梅

苧蘿山下越谿女，戲作長安時世妝。

白白朱朱雖小異，斷知不是百花香。（卷廿六，頁 1868）

此詩紹熙四年春作於山陰。

苧蘿山，在浙江諸暨縣南五里，西施、鄭旦所居，其方石乃浣紗處。

首二句乃以西施作長安時世妝比喻紅梅。

三句用韓愈〈感春〉句「晨遊百花林，朱朱兼白白。」句意。小異，謂紅梅、白梅色異質同。

四句謂不論白梅或紅梅，它們的香味絕對和其他百花不同。

此詩以巧喻見長。亦可視作擬人法。

二三七、同題之二

雲裏溪頭已占春，小園又試晚妝新。

放翁老去風情在，惱得梅花醉似人。（同上，頁 1869）

首二句歷述紅梅之風姿，不論在雲裏，在溪頭，在小園，都是頂尖出色的。

三句說到自己身上去：老雖老，風情猶在。

四句謂紅梅形似醉人，紅通通的面容，使放翁為之發惱。

此戲言也。

二三八、共語

喬嶽成塵巨海枯，欲求共語一人無。

黃金已作飛煙去，癡漢終身守藥爐。（卷廿七，頁 1901）

此詩紹熙四年秋作於山陰。

首句見王嘉《拾遺記》:「於億劫之內,見五嶽再成塵,扶桑萬歲一枯,其人視之如旦暮也。」

次句用《後漢書‧薊子訓傳》語:「薊子訓者,不知所由來也。……時有百歲翁,自說童兒時見子訓賣藥於會稽市,顏色不異於今。後人復於長安東霸城見之,與一老公共摩挲銅人,相謂曰:適見鑄此,已近五百年矣。」

因爲時間久遠,故無一人可共語。

三句謂黃金一如喬嶽,亦化煙飛去。

四句謂只有世間癡漢,終身守藥鑪,仍在煉丹或煉金。

此詩一寫滄海桑田之鉅變,一寫永不死心之癡漢。

二三九、買油

習氣年來掃未平,夢回猶喜讀書聲。

冬裘不贖渾閒事,且爲吾兒續短檠。(卷廿八,頁 1937)

此詩紹熙四年冬作於山陰。

《瑜珈師地論》:「謂於諸行中,曾有淨不淨業,若生若滅。由此因緣,彼行勝異,相續而轉,是名習氣。」

首句謂我有多年積習,始終未改。

次句說喜讀書,尤喜兒輩勤讀。

三句詠家貧。

四句說爲兒點燈,期其夜讀不輟,故買燈油以續油燈。

日常小事自可成詩。

二四〇、繫舟

繫舟江浦待潮平,歎息無人共月明。

歷盡世間多少事,飄然依舊老書生。(卷廿八,頁 1938)

此詩亦作於同時。

首句破題,「待潮平」實寫,亦有風致。

次句自歎孤獨,「共月明」上應「待潮平」。

三句抒感。

四句合於「老書生」之本位。

由前二句到後二句，是一種內在情感的撮合。因待潮平，因無人而反躬自省。

二四一、窗前作小土山蓺蘭及玉簪最後得香百合併種之戲作

方蘭移取徧中林，餘地何妨種玉簪。

更乞兩叢香百合，老翁七十尚童心。（卷二九，頁 1994）

此詩紹熙五年春作於山陰。

前三句說三種花，說得歷歷落落。

四句以自己的童心作結，雖詩情不郁，尚非一無可取。

童心二字，取自《左傳‧襄公三十一年》：「於是昭公十九年矣，猶有童心。」

二四二、買酒

放翁病起不禁愁，買酒看山自獻酬。

八月吳中未搖落，誰令衰鬢早知秋？（卷三十，頁 2045）

此詩紹熙五年秋作於山陰。

首句自稱放翁，詩中常見，又以愁自抒。

次句看山、買酒（飲酒），是放翁老來二大要事。

三句吳中即指己鄉，古以浙江西部爲吳。

「未搖落」者，秋未深也。

四句衰鬢益白，故早知秋季。

題爲「買酒」，其實泛抒當時心情。

二四三、雜詠園中果子

山杏谿桃本看花，纍纍成實亦堪誇。

鹽收蜜漬饒風味，送與山僧下夜茶。（卷卅一，頁 2092）

此詩紹熙五年多作於山陰。

首句謂杏、桃本供世人觀賞其花。

次句說如今花落結實，亦有風味。

三句轉述配料。

四句說明贈送之對象

全詩平實而不失雅潔。

二四四、初夏

　　紛紛紅紫已成塵，布穀聲中夏令新。

　　夾路桑麻行不盡，始知身是太平人。（卷卅二，頁2145）

此詩慶元元年三月作於山陰。是年放翁已七十一歲。

寧宗初期，南宋尚維持昇平氣象，故有此作。

首句示春去夏來，百花凋零。

二句點出布穀聲，更明示節令。

三句以夾路桑麻表現民間繁榮之狀，「行不盡」更添風采。

四句是總結，也可說是畫龍點睛。「始知」二字突兀而有力。

二四五、秋夜

　　燈欲殘時酒半消，斷砧疎雨共無憀。

　　老來萬事渾非昔，惟有詩情似灞橋。（卷卅三，頁2176）

此詩慶元元年秋作於山陰。

首句燈殘酒半消。

次句洗衣聲加雨聲。

二句以「共無憀（聊）」總結之。

三句又嘆老。

四句以自信之筆說己之詩情未衰。

計有功《唐詩紀事》卷六五：「《古今詩話》曰，相國（鄭綮）善詩。……或曰：相國近為新詩否？對曰：詩思在灞橋風雪驢子上，此處何以得之？」

按詩窮而後工之意，已暗含其中。

二四六、讀杜詩

千載詩亡不復刪，少陵談笑即追還。

常憎晚輩言詩史，〈清廟〉、〈生民〉伯仲間。（卷卅四，頁2240）

此詩慶元二年春作於山陰。

《史記‧孔子世家》有孔子刪訂古《詩》之說，首句活用此典，謂古詩已亡，不復可刪。

次句謂杜甫可繼踵古詩人。

三句據孟棨《本事詩‧高逸》，稱杜甫為「詩史」。

此處謂晚生後輩，沒有資格妄稱詩史。

四句〈生民〉乃《大雅》詩篇，〈清廟〉乃《周頌》詩篇。謂杜詩可比美雅頌。

二四七、二友

清芬六出水梔子，堅瘦九節石菖蒲。

放翁閉門得二友，千古夷齊今豈無？（卷卅四，頁2245）

此詩慶元年春作於山陰。

水梔子，果實名，梔子之一種，有六角。

菖蒲為草名，韓終服之十三年，身生毛，日視書萬言，皆誦之，冬袒不寒；紫花者尤佳。

三句謂自己在家，以此二物為友。

四句巧喻，亦是擬人化：以此二物比作人間的伯夷、叔齊，頌其有清高之節操。

二四八、半丈紅盛開

滿酌吳中清若空，共賞他邊半丈紅。

老子通神誰得似？短筇到處即春風。（卷卅四，頁2246）

此詩慶元二年春作於山陰。

清若空，秀州（今嘉興市）酒名。

首句酌酒：一為吳中（嘉興近山陰）之酒，一為酒名「清若空」，正合陸游此時的心境。

次句「牛丈紅」，是豐滿生命的象徵。陸游一生，有建樹（立言、立功），亦有遺憾，但其一生可謂豐富的人生。

三句自詡「通神」，且自豪無人得似。

四句最精彩，短笻到處即我到處，然則全句的意思是：我即春風，以此印証三句之「通神」。

二四九、感事

　　雞犬相聞三萬里，遷都豈不有關中？
　　廣陵南幸雄圖盡，淚眼山河夕照紅。（同上）

此詩亦作於同時。

《文集》卷廿五〈書渭橋事〉：「河渭之間，奧區沃野，周秦漢唐之遺迹隱轔故在。自唐昭宗東遷，廢不都者三百年矣。山川之氣，鬱而不發。藝祖、高宗，皆嘗慨然有意焉，而羣臣莫克奉承。……虜暴中原積六七十年，腥聞於天。一師一出，中原豪傑，必將響應。決策入關，定萬世之業，茲其時矣！」

首二句即主張北遷京都於長安。「雞犬相聞三萬里」，氣韻十足。

三句指靖康末事：高宗初建元帥府於河北，後聞京城破，汪伯彥等遂奉王往山東。久之，聞張邦昌僭立，伯彥等欲王走宿州，謀渡江左，先鋒至山口鎮，三軍藉藉，乃罷行。五月，王即位於南都。

四句以淚眼夕照作照，語重心悲。

陸游為古今罕有的愛國詩人，此詩說盡令英雄氣短的心事。

二五〇、同題之二

　　堂堂韓岳兩驍將，駕馭可使復中原。
　　廟謀尚出王導下，顧用金陵為北門！（同上，頁2247）

首二句謂韓世忠、岳飛屢破金兵，若重用之，可以恢復中原，可惜秦檜等蒙蔽朝廷，主和事金，天下事遂不可聞問矣。

三句謂東晉王導主政，尚能以建康為都，南宋則曾東晉之不如，乃以臨安為都矣。游在孝宗隆興初，曾主張建都建康，未成。

四句用《左傳‧僖公三十二年》典：「杞子自鄭使告於秦曰：鄭人使我掌其此門之管。」

意謂建都建康，本可有爲，奈何南宋朝廷未曾把握機會！

憂時憂國之念，一一訴諸眞情實事，陸游之詩，豈僅書生之見哉！

二五一、枕上聞布穀聲

　　老去惟思日月遲，更堪青鬢總成絲？
　　無端催取流年去，最恨溪頭布穀兒。（同上，頁 2256）

此詩慶元二年夏作於山陰。

首句說出全詩主題。

二句完足之。

三句上應一句：「流年去」即「日月遲」。

四句圖窮匕現：原來陸游把這一切大自然的現象全部歸咎於布穀兒。

布穀催人耕種，與陸游老兒何干邪？詩人乃強欲入之於罪！

二五二、北園雜詠

　　西村林外起炊煙，南浦橋邊繫釣船。
　　樂歲家家俱自得，桃源未必是神仙。（卷卅五，頁 2288）

此詩慶元二年冬作於山陰。

蘇軾〈書王定國所藏煙江叠嶂圖〉：「桃花流水在人世，武陵豈必皆神仙。」四句用此。

首二句寫景，題爲「北園」，此二句卻詠西村、南浦，甚爲別致。炊煙是人家，釣船是陸游晚年恩物之一。

三句直抒樂歲之狀。

四句用蘇軾語，意謂得桃花源之樂者，不一定要做神仙。

二五三、同題之二

　　舍北橋東幽事多，老夫飯飽得婆娑。
　　茅簷日落聞椿桸，荻浦煙深有櫂歌。（同上）

此詩前半寫情——放翁在舍北、橋東之間，樂享其幽事，包括吃飽飯、婆娑起舞，放杖漫步等

三句寫景：茅簷、日落、椿聲，不說椿聲而云「椿相」，乃是爲了平仄，但卻造成聲形交感的效果。

四句寫荻浦煙、櫂歌，又是視覺形象中蘊藏聽覺形象。

二情二景，交相融匯，而「老夫」樂在其中，陸游固擅長此種經營。

二五四、同題之三

> 小橋密接西岡路，支徑深通北崦村。
> 老子意行無遠近，月中時打野人門。（同上）

首句詠橋。

次句詠路。

二句對仗工巧。

三句又出示自身，上首自稱「老夫」，此首則「升格」爲「老子」矣，猶稼軒之「乃公」或「乃翁」。

「意行」，隨意而行；「無遠近」，無預期之目的地。

四句動作鮮明，行徑似陶淵明而更直率。

二五五、同題之四

> 東吳霜薄富園蔬，紫芥青菘小雨餘。
> 未說春盤供采擷，老夫湯餅亦時須。（同上，頁 2289）

首句以「霜薄」起興，以「富園蔬」小結。「東吳」（即指會稽）言地，在此卻只是湊字。

二句詠芥、菘，家常風味，以「小雨」爲陪襯。

三句「未說」，是不必說，不在話下。

四句以「湯餅」作結，平實而不免萎弱。

全詩以家常話說家常事。

二五六、同題之五

　　　　鉏麥家家趁晚晴，築陂處處待春耕。

　　　　小槽酒熟豚蹄美，剩與兒童樂太平。(同上，頁 2289)

　　首句詠「鉏麥」，因「趁晚晴」使得荷鋤耕作一事，亦因而略添風味。

　　次句以築陂陪襯之。首二句對仗得自然，而時、空俱在彀中。

　　三句詠酒、詠豚蹄之美，放翁不只是酒客，亦是饕餮之客。

　　四句一轉，由實而虛，而概括面大爲增擴。

　　「剩」字巧妙，「兒童」，不僅指己之兒女，亦可擴及全天下之兒女。

　　由首句之「家家」、次句之「處處」，到四句之「樂太平」，可謂一氣呵成。

二五七、同題之六

　　　　閑伴鄰翁去荷鉏，林疎歷歷見村墟。

　　　　怪生白鷺飛無數，水落灘生易取魚。(同上)

　　首句出一「鄰翁」，無形中使「去荷鉏」的動作添了一些風致。

　　二句寫景如畫，一林一墟，相對成趣。

　　三句「怪生」突兀而好，「白鷺飛無數」乃「無數白鷺飛」之倒裝，但倒裝後畫意更郁。

　　四句實以白鷺爲轉移點，平實卻親切。

　　寫景詩之作法貴在自然而然，「水落灘生易取魚」正是一範例。

二五八、同題之七

　　　　短筇行樂出柴荊，雪意闌珊卻變晴。

　　　　林際已看春雉起，屋頭還聽歲豬鳴。(卷卅五，頁 2289)

　　前句又說作者出門散步之狀。

　　次句說雪止變晴。「闌珊」二字幾有擬人化之功。

　　到了三句，又以林邊引出春雉，添加熱鬧。

　　四句歲豬鳴，與春雉振羽聲形成交響樂，但畢竟有些殺風景。

歲豬：四川人豢豬供祭，謂之歲豬。

二五九、同題之八

歲殘已似早春天，隔水橫林一抹煙。

聞道埭西梅半吐，攜兒閑上釣魚船。（卷卅五，頁 2290）

首句謂冬末似初春。

次句詠水、林、煙。

三句詠埭西初梅，卻用「聞道」作介。

四句攜兒，又上釣舟，添加不少趣味。

這些人事物，都是陸游所歡喜的

二六〇、同題之九

白髮蕭蕭病滿身，凍雲野渡正愁人。

揚鞭大散關頭日，曾看中原萬里春。（卷卅五，頁 2290）

首句白髮乃晚年放翁詩中常言，「病滿身」便不常見到了，聲色之屬，可謂七十放翁詩之冠。

二句：凍雲野渡正與他的身體狀態相應合。

三句突然來了個一百八十度的轉折：「揚鞭」之姿，一破「愁人」之局。

四句「中原萬里春」密密遮掩了「凍雲野渡」及第一句之七字。

此詩先抑後揚，寫到他的生命卻是先揚後抑的。人生原本如此，能奈之何哉！

二六一、同題之十

暮年身似一虛舟，付與滄波自在流。

垂地雪雲吹不散，且傾桑落贈槎頭。（卷卅五，頁 2290）

首句虛舟用莊子典：《莊子·列禦寇》：「汎若不繫之舟，虛而遨遊者也。」雖用典，仍覺渾成自在。

次句承之，亦理直氣壯。

三句寫實兼象喻。

《水經注》:「河東郡民有姓劉名墮者,宿善工釀,採挹河流,釀成芳酎,排於桑落之辰,故酒得其名矣。」

又,漢水中鯿魚甚美,常禁人捕,以槎斷水,因謂之槎頭鯿。

四句用二典詠二物:一美酒,一佳魚。

此句亦寫出放翁生活之灑落自得,享受不已。

全詩乃一幅老人尋樂圖。

二六二、雜感

志士山棲恨不深,人知已是負初心。

不須先說嚴光輩,直自巢由錯到今。(卷卅六,頁 2354)

此詩慶元四年春作於山陰。

首句謂志士之志在隱退。

二句謂若令人知之,即負我初心——意即未能隱得徹底。

三句先舉漢之嚴光。按嚴光是中晚年放翁詩中最常出現的古人。

四句遠推上古之許由、巢父。

「錯到今」,謂從古到今,高隱之士若未能屏跡斂形,則雖隱猶不。

二六三、雜感之二

勸君莫識一個字,此事從來誤幾人,

輸與茅簷負暄叟,時時睡覺一頻伸。(同上)

首句勸人不識字,無知無識,渾樸無憂。

二句乘勢而下,「知識多時煩憂來」!

三句謂負暄獻曝之翁,最是高貴。

四句用《大方廣佛華嚴經》語:「入師子頻申三昧。」而變化之。謂野叟時時睡覺,頻伸四肢,日夜自在無憂。

此詩旨意近於前首,而境域更寬。

二六四、新感之三

世事紛紛無已時,勸君杯到不須辭。

但能爛醉三千日，楚漢興亡總不知。（卷卅六，頁 2355）

首句平述。

次句勸酒，然力道不可小覷。

三句延伸二句。

四句畫龍點睛。

寫盡羲皇上人的情境。

二六五、雜感之四

百年鼎鼎成何事？寒暑相催即白頭。

縱得金丹眞不死，摩挲銅狄更添愁。（同上）

首句用陶潛詩〈飲酒〉句意：「鼎鼎百年內。」而發揮之。

次句詠歲月之易逝。

三句似揚實抑：得金丹而不死。

四句用《後漢書・薊子訓傳》：「時有百歲翁，自說童兒時見（薊）子訓賣藥於會稽市，顏色不異於今。後人復於長安東霸城見之，與一老公共摩挲銅人，相謂曰：適見鑄此，已近五百歲矣。」乃反用，以「更添愁」作進一步發抒。

此詩較為悲觀：以為歲月悠悠，愁情不斷。

二六六、雜感之五

世間魚鳥各飛沉，茅屋青山無古今。

畢竟替他愁不得，幾人虛費一生心！（同上）

首句詠萬物自得。

次句展延之。

三句自反面說：人各有生，物各有志，他人他物不能代思代愁。

四句延長三句，若有多事人欲代別人操心，實徒勞無功也。

二六七、雜感之六

一杯濁酒即醺然，自笑聞愁七十年。

今日出門天地別，此身如在結繩前。（同上）

首句詠醉，詠忘機。

次句詠愁。此年放翁七十四歲矣。

三句一轉：今日，出門。時地分明。

四句合焉：此身已超脫，故如處身於上古茫昧之世。

此意前已論及。

二六八、雜感之七

山人那信宦途艱，強著朝衣趁曉班。

豪氣不除狂態作，始知只合死空山。（卷卅六，頁 2356）

首二句以「山人」爲主角，令人一愕。此山人蓋茫昧於世道之人也。

「強著」二字已透盡機鋒。

三句用《三國志‧陳登傳》語：「（許）汜曰：陳元龍湖海之士，豪氣不除。」另加「狂態在」三字以推波助瀾。

四句又一轉：出仕不易，不合其性情，故歸隱故山，乃其宿命。

二六九、新感之八

老子傾囊得萬錢，石帆山下買烏犍。

牧童避雨歸來晚，一笛春風草滿川。（同上）

首句雖說金錢，豪氣十足，正類放翁平素爲人。

次句之石帆山，在會稽東十五里。射的山北石壁高數十丈，中央少紆，狀如張帆，下有文石如鶴，一名石帆。

烏犍，水牛也。

三句牧童隨之出現，疏而實密。

四句由牧童之笛音讚頌大地回春。

全詩一片歡情。

二七〇、雜感之九

故舊書來訪死生，時聞剝啄扣柴荊。

自嗟不及東家老，至死無人識姓名。（同上）

首句謂友多，不必見面，常有書來問候。

次句詠來訪友人。以剝啄聲調劑詩音。

三句一轉：我不如鄰居老人。

四句合述之，至死無人識之。

凡人眞欲忘己忘人忘世，殊不容易也。

此詩既述又慨，既憾又羨。

二七一、新感之十

忍窮待死十年間，老子誰知老更頑。

溪友留魚共晚酌，鄰僧送米續朝餐。（卷卅六，頁 2357）

首句有些淒惻。

次句又亮出「老子」來，突然以「更頑」二字猛力一揚。

三、四句並述鄰友親切之情，寫實之景如畫。

首句淒，次句豪，三、四句溫柔無比。

二七二、太息

早歲元於利欲輕，但餘一念在功名。

白頭不試平戎策，虛向江湖過此生。（卷卅七，頁 2413）

此詩慶元四年秋作於山陰。

首句寫年輕時代，輕利賄。

次句續詠：功名至上。

三句一轉：今已白頭，不復豪情壯志。愛國與平戎，對陸游而言，可謂一事。四句詠回家過日子。「虛」字透露出「山人」陸游的心中餘憾。

此詩前二寫昔，後二詠今，乃陸游晚年絕句常用格局之一。

二七三、太息之二

自古才高每恨浮，偉人要是出中州。

即今未必無房魏，埋沒胡沙死即休。（同上）

首句中的「浮」，應是不得其所，不能大展長才的意思。

次句直述。

三句一轉：謂房玄齡，臨淄人；魏徵，曲城人，其地在南宋時俱陷於金，故有四句緊接之。

四句說得慘切。

全詩有感而發。其實古今偉人何必出於中原（北方）？陸游自己就是南方人。詩意不過借此憤激之言，以寓心切北伐之念耳。

二七四、太息之三

關輔堂堂墮虜塵，渭城杜曲又逢春。

安知今日新豐市，不有悠然獨酌人？（同上）

首句仍嘆中原不保，陷落於金國。

次句正寫長安，渭城一帶已屆春季，但其爲淪陷區如故，其中的矛盾弔詭不言而喻。

後二句用《舊唐書・馬周傳》典：「西遊長安，宿於新豐逆旅，主人唯供諸商販而不顧待，周遂命酒一斗八升，悠然獨酌，主人深異之。」

此二句意謂今之新豐，雖已陷敵，或仍有英雄豪傑如馬周者獨酌於長安。

慨時世之不平，心存報國之念而不能爲用，乃以「墮虜塵」反襯英雄氣概。

二七五、園中偶題

綠衣粲粲味微丹，映葉穿枝立畫欄，

莫戀主人驚不去，五陵少年有金丸。（卷卅六，頁2475）

此詩慶元五年春作於山陰。

此詩全寫一鳥，或爲鸚鵡一類。

首句描寫牠的身體，色彩鮮明。

二句描述牠的行動：葉亦綠，欄亦可能紅色。

三句一轉，驚心動魄。

四句說出謎底：長安少年多持金彈丸，隨時會打落鳥兒！

金與綠、丹前後輝映。

此詩明寫鳥，實喻人世險惡。

二七六、同題之二

春深無處不春風，數樹桃花乃爾紅！

鶯蝶紛紛自常事，不應也著白頭翁（禽名）。（同上，頁2476）

首句寫春色好，簡而有致。

次句寫桃花，一紅貫之。

三句詠鳥蝶。

白頭翁，身間青，腦上暈深團，一點鮮白，飛上下，不橫斜，又號打線子。

四句似謂白頭翁爲異類，且爲老人之化身，故不宜在春天出現。

紛紅駭綠之中，豈忘寂寞孤獨老翁耶！

二七七、同題之三

憶向彭州取牡丹，蠟封馳騎露初乾。

如今歷盡人間事，縱有姚黃亦懶看。（同上）

首句謂蜀之牡丹：牡丹在中州，洛陽爲第一；在蜀，天彭爲第一。

二句寫其鄭重週至。「露初乾」生動。

三句一大轉折：如今是在十多年後，陸游一生，眞不愧「歷盡人間事」五字。

四句之姚黃，乃牡丹中之珍品，人皆視之爲花中瑰寶。

歷盡人生，雖至寶丹亦不覺稀奇矣！

二七八、同題之四

九日春陰一日晴，不堪風駕浪花生。

畫船欲解還歸臥，寂寂窗扉聽鳥聲。（卷卅八，頁2476）

首句寫特殊氣候。江南春日偶有此景。

二句增益之：風浪頻起。

三句一轉，解船歸家。

四句「寂寂」由「風駕浪花生」轉折而來。

最後三字「聽鳥聲」乃否極泰來之象，然此中畢竟孕含若干無奈之情。

此詩一味寫實，卻似乎暗中寓有陸游一生經歷之無可奈何之情。

二七九、蝶

庭下幽花取次香，飛飛小蝶占年光。

幽人爲爾憑窗久，可愛深黃愛淺黃？（卷卅九，頁 2502）

此詩慶元五年夏作於山陰。

詩中幽花、小蝶、幽人（作者自稱）共占風光。

首句寫地點，寫配角，寫香。

次句主角出現，以「占年光」推許之。

三句自己出場，乃本詩第二配角。

四句巧用杜甫〈江畔獨步尋花〉成句：「可愛深紅愛淺紅。」而變化二字，十分切題。

「幽花」、「幽人」，二詞之「幽」，乃故意重複，以陪襯「飛飛」活潑之小蝶。

二八〇、曹公

二袁劉表笑談無，眼底英雄不足圖。

赤壁歸來應歎息，人間更有一周瑜！（卷卅九，頁 2524）

此詩慶元五年秋作於山陰。

首二句用《三國志·蜀書·先主傳》：「曹公從容謂先主曰：今天下英雄，唯使君與操耳。本初之徒，不足數也。先主方食，失匕箸。」《三國演義》全用此文。

首句「笑談無」、次句「不足圖」，頗能盡興。首句又加添袁術、劉表爲伴。

三四句用《三國志·吳書·周瑜傳》注：「〈江表傳〉曰：『瑜之破魏軍也，曹公曰：孤不羞走。後書與權曰：赤壁之役，值有疾病，

孤燒船自退，橫使周瑜虛獲此名。』」按曹操此言，自不免自我遮羞之嫌。

三四句之經營，似勝〈江表傳〉之言。「人間更有一周瑜！」彷彿「既生亮，何生瑜！」之語氣。

二八一、讀韓致光詩集

> 渺莽江湖萬里秋，玉峯老子弄孤舟。
> 猶勝宿直金鑾夜，凜凜常懷潑酢憂。（卷四十，頁 2569）

此詩與上詩作於同時。

韓偓詩二卷，即《香奩集》，多香豔宮詩，但韓之爲人，耿直愛國。

渺莽二句出韓詩：「萬里清江萬里天，一村桑柘一村煙。漁翁醉著無人喚，過午醒來雪滿船。」此詩極有風致，乍看不信爲韓偓詩。

韓偓自號「玉山樵人」，此處故意換去三字，更有氣韻。

三四句謂他在昭宗朝官承旨時曾值班金鑾殿，心懷家國之憂。

此詩喜愛灑脫於山水之間的韓偓。偓有三態：一忠耿，二香豔，三瀟灑。第三態歷來殊少人提及，陸游於此，可謂致光之知音。

二八二、冬初出遊

> 蹇驢渺渺涉煙津，十里山村發興新。
> 青斾酒家黃葉寺，相逢俱是畫中人。（卷四一，頁 2591）

此詩慶元五年冬作於山陰。

首句爲倒裝句，應爲「蹇驢涉渺渺之煙津」。先描出鮮明的形象。

次句把大場景托出，兼述情狀。

三句又出二意象，各有色彩字一。

四句順水推舟：此地人人俱是畫中人。「相逢」二字極盡推波助瀾之功。

一篇小小遊記，興味十足。

二八三、枕上口占

五十年間萬事空，嬾將白髮對青銅。

故人只有桃花在，惆悵無情一夜風。（卷四二，頁2654）

此詩慶元六年春作於山陰。

首句一破萬事萬物，氣勢豪邁。

二句「嬾」得瀟灑。「白髮」與「黃銅」自然成對。

三句一轉，極為瀟脫。

四句一抑為合：大自然和歲月「無情」，我則「惆悵」。四字連綴，劇力千鈞。

二八四、阿姥

城南倒社下湖忙，阿姥龍鍾七十強。

猶有塵埃嫁時鏡，東塗西抹不成粧。（卷四三，頁2672）

此詩與上詩作於同時。

三月五日，俗傳禹之生日，禹廟遊人最多，無貧富貴賤，傾城俱出。士民皆乘畫舫，丹堊鮮明，酒樽食具甚盛，賓主列座，前設歌舞。小民尤相矜尚，雖非富饒，亦終歲儲書，以為下湖之行。下湖，鄉語也。

首句寫下湖盛況，倒社者，傾社人出也。

次句寫出主角——一位七十歲老太太。

三句嫁時鏡上加「塵埃」，足可慨人。

四句用薛逢典：薛逢值新進士，前導者曰：迴避新郎君。逢曰：莫乞相，阿婆三五少年時，也曾東塗西抹來。

彼處乃比喻，此地卻變成正用了。「不成粧」更妙。用典至此，出神入化了。

阿姥可指一婦人，亦可自指。

二八五、對酒戲詠

淺傾西國蒲萄酒，小嚼南州豆蔻花。

更拂烏絲寫新句，此翁可惜老天涯。（卷四四，頁2727）

此詩慶元六年冬作於山陰。

葡萄酒對豆蔻花，對得瀟灑。「淺」、「小」連用亦不失其工。

舊說食豆蔻花破氣消痰，進酒增倍。

三句用名紙寫詩。

四句綰合以上三句作結，自抒自吟，「可惜老天涯」，何等情懷，盡在此五字中。

二八六、春日暄甚戲作

桃杏酣酣蜂蝶狂，兒童相喚踏春陽。

老人自笑還多事，預恐明朝雨壞牆。（卷四五，頁2777）

此詩嘉泰元年春作於山陰。

首句用了二植物二動物，中嵌「酣酣」二字，氣勢不弱，熱鬧非凡。

沈下賢文集載民間〈泰陽曲〉：「長安少女踏春陽，何處春陽不斷腸……」

二句「兒童相喚」添趣不少。

三句又自抒，自稱「老人」，比「老子」溫和不少。

四句老人關心萬事，由身邊小事起。

一副春興圖也！

二八七、衡門

曲徑衡門短短籬，槐楸陰裏合笆枝。

老來百事不入眼，惟愛青山如舊時。（卷四六，頁2803）

此詩嘉泰元年夏作於山陰。

衡門用詩經「衡門棲遲」典。陸游老來隱居家鄉，每喜以貧民貧戶自居，此其一也。「短短籬」隨手揮灑，卻別有風味。

三句反面誇張。

四句表揚青山永遠不改。以三襯四，此陸游詩中之慣技也。

二八八、秋日雜詠

　　五百年前賀季眞，再來依舊作閑人。

　　一生看盡佳風月，不負湖山不負身。(卷四七，頁2871)

　　此詩嘉泰元年秋作於山陰。

　　賀知章生於唐顯慶四年，於天寶三年歸越，生年距嘉泰元年爲五百四十三年，以歸越年計，則爲四百五十八年。

　　首二句用賀知章自比，「閑人」「依舊」，瀟灑之至！

　　三、四句爲陸游名句，可以傳誦千古。舉世有多少人有此福分！

　　「風月」其實可囊括世間一切美好事物。

　　末句「不負湖山不負身」，身者，自己也。尤爲妙悟之句。

二八九、雨過行視舍北菜圃因望北村久之

　　吳牛齕草臥斜陽，烏臼青紅未飽霜。

　　急趁路乾來寓目，十分閑事卻成忙。(卷四八，頁2908)

　　此詩嘉泰元年秋作於山陰。

　　首句如詩亦如畫。

　　次句配襯首句，烏臼乃落葉喬木，高二丈許，葉廣卵形而尖，夏月開花，形小，色黃，花後結實，大三分許，種子多脂肪，可製肥皂、蠟燭。江南多生此物。

　　「青紅未飽霜」，甚美好，「紅」，大約深黃似紅。青指葉子或果實。

　　三句破題。

　　四句妙悟。對於一個七十有餘的退隱人士，忙和閑本不可分。「十分閑事」仍說得好。

二九〇、讀經

　　半升粟飯養殘軀，晨起衣冠讀典謨。

　　莫謂此生無用處，一身自是一唐虞。(卷四九，頁2940)

　　此詩嘉泰元年冬作於山陰。

　　首句前二字明刊潤谷本作「藜羹」，自是不如「半升」，前者或爲

陸游之初稿。

首句似貧得可憐，其實是活得瀟灑。

次句「衣冠讀典謨」，莊嚴之至！

三句一抑，實有揚意。

四句大方而矜持。身爲唐堯，身爲虞舜，非古之狂詩人，誰能當此！「人皆可以爲堯舜」，信乎放翁晚年爲孟子之信徒矣！

二九一、東岡櫻桃已過殊不知

病著寒侵怕出門，蕭蕭煙風暗江村。

一樽闕與梅花別，過盡櫻桃不足言。（卷五十，頁 3003）

此詩嘉泰二年春作於山陰。

首句寫實。病、寒、不出門。

次句以煙雨襯之。「暗」字有力，爲詩眼。

三句自述今年忘與梅花告別。

四句始入題，不料卻是貶抑櫻桃，相對張揚了他所素好的梅花。

此種以客貶主的作法殊屬少見。

二九二、閑詠園中草木

翦刀葉畔戲魚回，帔子花頭舞蝶來。

領略年光屬閑客，一樽自勸不須推。（卷五一，頁 3037）

此詩嘉泰二年夏作於山陰。

首句用白居易〈湖上閑望〉句意：「菰葉風翻綠翦刀。」剪刀乃象形之比喻。

帔子花，形狀若裙之花朵。

「舞蝶」本是蝶舞，因與「戲魚」對壘，讀來恍似我與蝶舞，妙。

三句平述，仍自稱「閑客」，猶「閑人」也。

四句以酒助興，說得曲折。

三句形象鮮明，第三句總結。

二九三、癸亥正月十日夜夢三山竹林中筍出甚盛欣然有作

　　　　新春身不到家園，東崦西村役夢魂。

　　　　一夜四山雷雨起，滿林無數長龍孫。(卷五二，頁3117)

　　此詩嘉泰三年春作於臨安。

　　此年放翁七十九歲，奉升太中大夫、寶謨閣待制，人在臨安，旋致仕。

　　三山，在山陰縣西九里，地理學家以為與臥龍崗勢相連。陸家居之。

　　首句直述人在京都之感受。

　　次句「役夢魂」出色。

　　三句一轉，雷聲隆隆。

　　四句寫筍（龍孫）切題。「無數」上應「四山」，氣勢頗甚。題為「三山」，三句卻吟出「四山」來！

　　夢詩是放翁晚年慣有的題材之一。

二九四、上元後連數日小雨作寒戲作

　　　　呼兒取酒敵春寒，病起駝裘剩覺寬。

　　　　萬事不妨高枕臥，始知老子耐悲歡。(卷五三，頁2123)

　　此詩嘉泰三年春作於臨安。

　　首句有兒有酒，萬事足矣。「呼」、「取」之間，多少豪情與溫情！

　　次句平述：「剩覺寬」不寓悲情。

　　三句豪爽，齊物之境也。

　　四句「耐悲歡」上承三句，讀之怡神。放翁自稱「老子」時，必表豪情或壯志。

二九五、同題之二

　　　　春風催暖入園林，一片雲生又作陰。

　　　　留得梅花三日住，誰云造物本無心？(同上)

　　首句寫春風，著一「暖」字。

　　次句寫雲，著一「陰」字。

三句「留得梅花三日」，只有放翁這樣的雅人兼詩人，才會有邊樣的興致。

四句領會深摯。用問句更委婉。

二九六、同題之三

　　煙籠天闕青鴛濕，水漲官河畫鷁浮。
　　解賦〈春陰〉三十首，不應惟有宋郴州。（同上，頁3124）

首句青鴛用元稹〈茅舍〉：「佛廟青鴛瓦。」寫岸上風景，著一「溼」字。

次句寫官船，著一「浮」字。

此二句如畫。

三句一轉：宋人宋白，字素臣，大名人。年十一，善屬文，舉進士，以兵部尚書致仕，進吏部尚書，諡曰文安，曾謫郴州，〈春陰〉詩未見。

後二句借宋白名，謂自己欲吟〈春陰〉三十首。

末二句說詩，詩情卻反略減。

二九七、同題之四

　　擬撥殘書出郭行，浮雲忽已敗春晴。
　　窮閻今雨無車馬，臥聽深泥濺屐聲。（同上）

首句「撥殘書」新鮮。句法為一三三。

二句浮雲敗晴，「敗」字為句中眼。

三句因雨無車馬，四句忽出濺泥聲，寫得甚為細膩。

二九八、出湧金門

　　出湧金門一黯然，初來猶是紹興前。
　　都人百萬今誰在，惟有西湖似昔年。（同上）

此詩與前四首作於同時。

湧金門乃杭州西門，後改為豐豫門。

陸游初赴臨安應試為紹興十年，十六歲，至此已六十三年矣。

首二句懷舊，今昔之比了然。

三句再仔細描述，紹興盛景今已不再。最要緊的是自己已由少年變成老人，百萬都人，皆非舊識。

四句拉出西湖來——只有此湖——代表大自然——仍然不改，為我知音。

念舊之詩，實包含家國之感。

二九九、春日絕句

桃李吹成九陌塵，客中又過一年春。

餘寒漠漠城南路，只見鞦韆不見人。(同上，頁 3138)

此詩亦作於同時。

首句舊意似新。桃李雖豔，春過終成塵土，且分飛於九陌之中。

次句衍自上句。

三句轉寫城南路，「漠漠」加「餘寒」，上承「九陌塵」也。

四句只見鞦韆，與前首「惟有西湖似昔年」情景甚為相似，只是場面較狹而已。

微微的傷感，欲宣又止。

三○○、湖上秋夜

湖上山銜落月明，釣筒收罷葉舟橫。

不知身世在何許，一夜蕭蕭蘆荻聲。(卷五四，頁 3185)

此詩嘉泰三年秋作於山陰。

首句寫湖、山、落月，七字可抵十字。

次句寫釣筒、孤舟，「收」、「橫」互應。

如此返鄉後的逍遙生活，令人歆羨。

不料三句一轉，令人驚訝。其實已歸隱，心中仍有微憾，故有不知身在何處、今夕何夕之感。

四句再寫夜景，著重在聲音，增添不少傷感味。

三〇一、晨起

> 戒婢篝衣徹扆屝，呼兒滌硯作隃糜。
> 須臾開卷東窗下，即是先生無病時。（同上，頁3201）

此詩亦作於同時。

首句扆屝，門牡，所以止扉。叫婢女料理衣服，打開門扉。

次句呼兒洗淨硯台，供老爹寫字。隃糜，墨也。

三句以「須臾」作媒介，亦承亦轉。開卷讀書，是主角「先生」。

四句謂無痛即歡。此處用「先生」自稱，較「老子」斯文多矣。或亦關乎心情。

一詩詠三人，不多不少。

三〇二、試筆

> 清談數語猶遲過，平地徐行亦虜危。
> 酌酒淺深須在我，更衣單複要隨時。（同上，頁3203）

首句謂與人清談，猶有節制。

二句謂平地漫步亦小心翼翼。

兩句足見放翁真老矣，昔日狂態不復見了。

三句酌酒淺深（多寡）要講究。

四句謂更衣單複，要及時，不可遲誤

四句共詠四事，都是日常生活屢見屢行之事，放翁卻事事注意關心，一副「放」不開的樣子。

「試筆」者，偶作也。

三〇三、秋思

> 烏桕微丹菊漸開，天高風送雁聲哀。
> 詩情也似并刀快，翦得秋光入卷來。（同上，頁3203）

此詩亦作於同時。

首句寫二植物，一丹一黃，相映成趣。

次句詠天、風、雁聲。「送」字入神。

三句一轉，又回到作者自身來。既為詩人，便要寫詩；既寫詩，

便關乎詩情。此處如并州之刀喻詩思泉湧，快到難以收拾。

四句玉成之。「翦得秋光」轉爲婉約。

以詩情剪秋光，情景交融，何以勝此！

三〇四、新感

買薪貨粟不曾知，一事無營盡日嬉。

臺老卻如童稚日，早眠晏起食無時。（卷五五，頁3226）

此詩亦作於同時。

此詩專詠老態，歸之爲四：

一、不管家中事：首句。

二、不爲正務，只管玩耍：次句。

三、早眠晚起：四句。

四、食不定時：四句。

三句總結於一語：老人像孩子。

全詩平實而妙。

三〇五、渡頭

蒼檜丹楓古渡頭，小橋橫處繫孤舟。

范寬只恐今猶在，寫出山陰一片秋。（卷八五，頁3227）

此詩嘉泰三年秋作於山陰。

首句用二植物寫景，清新可人。

次句又橋又舟，亦畫境也。

范寬，宋畫家，字中立，華原人。工畫山水，理通神會，體與關仝、李成異，奇能絕世。陸游一再在詩中提及其人，是他一生最仰慕的山水畫家。

後二句以范寬之畫工讚美山陰之秋景，似已不限渡頭一隅矣。

三〇六、曉雪

遠湖誰琢玉爲屏，換卻南堂萬疊春。

老子醉狂還自笑，持竿畫字滿中庭。（卷五五，頁3247）

此詩嘉泰三年冬作於山陰。

首句寫雪，以玉屏爲喻。

次句謂雪掩千山。

三句一轉，又是他的慣用模式，「老子」親自登場，詠出其當時情態：醉、狂、自笑。

四句則是他的動作行爲。在中庭持一竹竿在雪地上畫字。——是爲雪添姿？還是藉此舒洩胸中塊壘？

吾人只好起放翁於地下然後叩問之了。

三〇七、春晚出遊

風急名花紛絳雪，土鬆香草出瑤簪。

且呼野艇西村去，未必微雲便作陰。（卷五六，頁 3298）

此詩嘉泰四年春作於山陰。

首句用絳雪喻春日之紅花。

次句用瑤簪喻春晚之青草。

「風急」、「土鬆」，上下交相爲用。

三句一轉，又是主人翁出，呼艇去遊西村，亦一雅事也。

四句「微雲」，上應名花絳雪、香草玉簪，可惜句勢太弱：「未必……作陰」，莫非放翁八十歲時，才力已稍減退矣？

三〇八、同題之二

王孫草生與階齊，女郎花發乳鶯啼。

街頭賣酒處處賤，信腳覓醉無東西。（同上）

首句王孫草用《楚辭・招隱士》：「王孫遊兮不歸，春草生兮萋萋。」句意。

次句用白居易〈題令狐家木蘭花〉：「從此時時春夢裏，應添一樹女郎花。」此花北人呼爲木筆。另加一乳鶯聲，更加熱鬧。

三句十分生活化。

四句順水推舟，主人翁由隱而顯。「無東西」三字恰好爲「信腳」

添姿。

王孫、女郎、乳鶯、放翁，可謂在詩中四合一矣。

三〇九、同題之三

柳暗人家水滿陂，放翁隨處曳筇枝。

村深麥秀蠶眠後，日暖鳩鳴鵲乳時。（同上，頁3299）

首句寫人家風光，柳暗、水滿，均在其屋側。

二句放翁提前出馬。仍是一杖伴身。「隨處」二字，猶上首「信腳」也。

三句以後，更加密集寫景：「村深」，泛吟也，可視作遠景，「麥秀」，可視作中景，「蠶眠」，可視作近景。由遠漸近。

四句更爲密集：「日暖」，遠景趨近；「鳩鳴」，中景；「鵲乳」，近景。

三四兩句用「後」、「時」勾連，亦是放翁慣技。

三一〇、同題之四

禹吾無間聖所歎，治水殆與天同功。

三千年事一炊頃，空石嵯峨煙靄中。（卷五六，頁3299）

首二句讚美大禹，以「春晚出遊」一題而論，未免予人天外飛來之感。

「與天同功」，何等高崇之稱譽！

三句引伸上二句句意。大禹至今已三千年，而一炊之間，似已概括無餘。此《莊子‧齊物論》之餘意也。

四句空石，在會稽縣禹廟中。禹葬於會稽山，取此石爲空，後人覆以亭屋，上有古隸不可讀。

以此作結，甚爲恰當。嵯峨是石態，煙霧是背景。

三一一、三月三十夜聞杜宇

斗轉春歸不自由，韶華已逐水東流。

子規獨抱區區意，血淚交零曉未休。（卷五七，頁3320）

此詩嘉泰四年三月作於山陰。

《鶡冠子‧環流》：「斗柄南指，天下皆夏。」

首句謂春歸夏至，由不得人。

次句乘勢發揮，光陰似水不可流。

三句以子規（杜鵑）之鳴聲造意，所謂「獨抱區區意」，謂其鳴聲若「行不得也哥哥」，痴情十足。

四句再著重色——血淚交流是假擬之形象，曉未休是實述。

全詩以杜鵑鳴聲興人世之慨。

三一二、即席

耦荷出水榴花開，長笛圓鼛送舉杯。

村鄰相樂君勿笑，要是安健無凶災。（卷五七，頁 3328）

此詩嘉泰四年夏作於山陰。

首句用二水陸植物起興。「出水」與「開」，可視作互文。

二句用笛、鼛襯托酒杯。

大自然與人間，一起合成交響曲。

三句由二句引伸而來，得「村鄰相樂」四字。「君勿笑」，乃自警語。

四句關切自身之健康。以意而言，甚爲自然；以勢而言，不免稍弱。

三一三、同題之二

醉中起舞遞相屬，坐上戴花常作先。

要知吾輩不凡處，一吸已乾雙玉船。（卷五七，頁 3329）

此詩以酒器（玉船）爲核心。

首句醉，舞，遞杯。

次句湊興：在宴席中爲老人戴花是一種習俗。放翁因爲年高，常占先著。

此皆平實敍述。

三句一承亦轉：頗有豪情。「要知」略有挑戰或自炫意味。

四句一吸雙杯，自是誇飾語，與首句「遞相屬」密接無隙。

三一四、同題之三

小山榴花照眼明，青梅自墮自有聲。

柳橋東岸倚筇立，聊借水風吹宿醒。（同上）

首句寫背景：小山，詠榴花；鮮明耀眼。

次句再添一植物：青梅，並有聽覺形象。

三句之柳橋，在紹興府東南二里，是當地一景點。主角終於露相了：倚杖而立，自具風姿。

四句水風，是橋上之風，或含水氣。昨日之醉，得此而飄散矣。

生活小品，景郁情淡。

三一五、雜興

瞿聃楊墨寧非學，治獄行兵亦有師。

惟是儒生知擇術，百年窮達守《書》《詩》。（卷五八，頁3357）

此詩嘉泰四年夏作於山陰。

首句、次句一口氣列舉了老莊楊墨兵刑諸家，以此盡包天下學術。最後以不否認的態度姑且存之。

三句猛地一轉：「惟是」有力。此處的「儒生」乃放翁自指。

四句守《書》、《詩》，即尊奉《六經》為終生為人之依歸。

此詩為放翁一生最明白莊嚴的宣言：我是儒生，終生不改其志。

三一六、暮秋

多雨今秋水渺然，溝溪無處不通船。

山回忽得煙村路，始信桃園是地仙。（卷五九，頁3419）

此詩嘉泰四年秋作於山陰。

首句寫豐沛之雨水。

次句詠溝溪皆通船，一片昇平氣象。

放翁欣然迎之。

三句山迴路轉，「煙村路」上承「渺然」。

四句以當下即景比匹桃花源中光陰。

「地仙」者，猶言人間仙境也。

《抱朴子・諷仙》：「上士舉形昇虛，謂之天仙；中士遊於名山，謂之地仙。」此處借用，化人爲境。

三一七、農舍

三農雖隙亦忽忙，稼事何曾一夕忘。

欲曬胡麻愁屢雨，未收喬麥怯新霜。（同上，頁3411）

此詩亦作於同時。

首句詠農家忙碌不休。

次句承之。

三句發揮前二句之主旨：曬胡麻。

四句承之，收蕎麥。

三、四句分用「屢愁雨」、「怯新霜」表示農家之多慮愼重。「怯」字尤佳。

題爲「農舍」實寫農家。

三一八、同題之二

杜門雖與世相違，未許人嘲作計非。

長繩雲邊牽犢過，小舟月下載犂歸。（同上，頁3412）

首句杜門，示知農民生活之主調。

次句表現其獨立自主之尊嚴。

三、四句寫景兼詠人。

雲邊以長繩牽引小牛，如一幅風情畫。「雲邊」顯示遼闊之背景。

四句小舟載犂，更是別具情致。

農人是全詩主角，「農舍」反隱而不見。

三一九、贈雞

青銅三百黑烏雞，闢地牆東爲擇棲。

更聘一雌全物性，莫辭風雨五更啼。（卷五九，頁 3431）

此詩嘉泰四年冬作於山陰。

首句寫實，明白如話。

次句補充說明。最妙的是「擇棲」二字諧音「擇妻」，恰好引出下一句。

三句「聘」字出色，為雞添彩，且擬人化矣。

四句授予重大神聖之使命：風雨五更啼。孔子曰：「雞鳴不已於風雨。」古今如一。

全詩誠樸而可喜。

三二〇、甲子歲暮

世間巧拙亦何施？萬事難禁歲月移。

遲死幾時天有意，要令自悟不須師。（卷六十，頁 3476）

此詩亦作於同時。

首句乃老子口吻：巧拙不可施為，施之亦徒然也。

次句說出中心旨意：光陰似水亦似輪，萬事萬物萬人皆不能禁持之。

三句轉向放翁自己身上：老天有意要我遲死，多活幾年。

四句云：此意要自己仔細去領會，不必求師，亦無以求師也。

全詩一片達者之心語。

三二一、出遊至僧舍及逆旅戲贈絕句

飯炊適熟如延客，犬喜來迎似到家。

雨滴茅簷草煙溼，不妨笑語暫諠譁。（同上，頁 3476）

此詩亦作於同時。

此詩全寫旅舍（上一首寫僧舍未引述）。

首句炊熟，此傳統旅舍之一大特色。

次句犬迎，更添家園風味。

三句寫大自然氣候。

四句寫旅客（放翁自己）的心情及動作。「不妨」二字自然生動，

「暫」字別具滋味。

三二二、枯菊

積雪嚴霜轉眼空，春回無處不春風。

欲知造物無窮妙，但看萱根與菊叢。（卷六一，頁 3484）

此詩開禧元年春作於山陰。

首句詠霜雪，然已過去。

首句引出次句：春神到，春風遍。

三句一轉，由寫景變化爲哲理：吟詠造物（天公）之妙用。

四句歸結到題目本體上：此一「菊叢」，是枯是盛？不可知也，亦不必深究。此處又出一「萱根」，純爲陪伴菊花耳。

三二三、夢中作

華山敷水本閑人，一念無端墮世塵。

八十餘年多少事，藥爐丹竈尚如新。（同上，頁 3487）

此詩亦作於同時。

此年放翁八十一歲，實足八十歲，此時方爲春天，實際上未滿八十年，「餘」字衍矣。

首句用于鄴〈題華山麻處士所居〉：「冰破聽敷水，雪晴看華山。」敷水爲渭水一支。

同時又標出「閑人」一目，可見放翁晚年心態。山水之間，悠遊自得。

次句自喻爲仙人降凡。

三句說歲月。

四句寫生涯。「尚如新」，謂自己乃老當益壯之人，與爐竈同其新也。

三二四、自詠絕句

雙鬢蕭條失故青，躬耕猶得養餘齡。

明時恩大無由報，欲爲鄉鄰講《孝經》。（卷六一，頁 3493）

此詩亦作於同時。

首句「失故青」，實爲「失故黑」。以「蕭條」代「皤皤」。

次句強調躬耕養老，令人肅然起敬。

三句自謙兼感恩。

四句奇思突出，爲鄰居們講經書，且由《孝經》講起——最切倫常，又較爲淺近易解。

晚年放翁，絕非待死之人，既能躬耕園畝，又能貢獻鄉鄰。

三二五、同題之二

不淪鬼錄不登仙，遊戲杯觴近百年。

小市跨驢寒日裏，任教人作畫圖傳。(同上)

首句謂本人長存迄今，不作鬼（入地府）、不成仙（入天國）。

次句省略他早中年的壯志及事功，直抒一生遊戲人間（山水之間，田園之間）、詩酒自娛。

三句寫自己的身影：小市小鎮，跨驢逍遙，雖冬日寒冷，仍可曝日怡然。

四句更爲妙想：以我之身形、以我之自在自得，足堪爲一幅圖畫，傳揚於世。

全詩不滯不黏，悠然自得。

三二六、同題之三

逆旅門前撥不開，先生醉策蹇驢來。

未言乞得囊中藥，一見童顏且壓災。(同上，頁 3494)

首句謂放翁在旅舍門前出現時之情景：「撥不開」者，行人旁觀者眾，擁擠不堪也。多爲觀看此罕見老人的尊容而來。

次句補述放翁的形象：醉醺醺，策蹇驢。

陸游晚年一人出門，或持杖漫步，或騎驢子，因爲驢性較爲溫和，腳步又較舒緩，宜於老人騎乘。

三句謂囊中未必有藥。

四句謂一見兒童便心中喜悅，一日吉祥。

此詩造景設境，略異於前。

三二七、同題之四

遠遊索手不齎糧，薪米臨時取道傍。

今日晴明行亦好，經旬風雨住何妨。（同上）

此道詠放翁「遠遊」（大概最多跨越縣鎮）時的情狀。

首句說出門不帶糧食。

次句繼之，謂隨地取食。

三句寫當天之天候，宜行。

四句謂十多天來下雨刮風，小住待晴，亦覺不錯，毫無怨言。

全詩一副達者行徑。

三二八、同題之五

一條紙被平生足，半盌藜羹百味全。

放下元來總無事，雞鳴犬吠送殘年。（卷六一，頁3494）

首句詠紙被，自不免夸飾。放翁何許人也，怎麼可能終生蓋一條「紙被」？

次句亦然。「百味全」，自是誇張。心足則口饜是也。

三句寫出主旨：人生本無一事！

四句寫村居生活，雞鳴狗吠，平易自然，「送」字亦不失精彩。

三二九、同題之六

平生寧獨愛吾廬，何處茅簷不可居。

晝閴僮奴停接客，夜無膏火罷觀書。（同上）

首句用陶潛〈讀山海經〉：「眾鳥欣有託，吾亦愛吾廬。」而側化之。

首句「寧獨」二字直接引出二句之「何處……不可居」。「茅簷」即茅舍、茅茨。其實陶潛的「吾廬」，亦不外茅舍，放翁偏能於此作出文章來。

三句、四句並寫其居鄉窮窘之狀。

三句寫白日，缺少僮僕，便閉門不接待客人。

四句寫夜晚，若乏燈火，便休息不再讀書。

其實都不免爲負向的夸飾。

諸詩皆發揮顏淵「一簞食，一瓢飲，人不堪其憂，回也不改其樂。」的旨趣，可謂淋漓盡致。

三三〇、新製小冠

　　淺醉微吟獨倚闌，輕雲淡月不多寒。

　　悠然顧影成清嘯，新製栟櫚二寸冠。（卷六一、頁 3501）

此詩開禧元年春作於山陰。

首句是放翁老年之標準造像。「詩酒風流」，孰人更克當之？

次句以大自然景象配襯之。

雲輕，月淡，微寒。「不多寒」，二字化三字，仍覺佳好。

三句又詠其本人之姿態，在「成清嘯」之聽覺形象中，倚闌之影更覺珍好。

四句圖窮匕現，新冠之材料及長度皆見矣。若說此爲畫龍點睛，亦允妥。

三三一、同題之二

　　栟櫚冠子輕宜髮，練布單衣爽辟塵。

　　縱不能詩亦堪畫，年餘八十水雲身。（卷六一，頁 3501）

此詩與上首作法略異。上首先寫自己寫週邊，最後，獨詠新冠，此詩則逆向操作，且以練布單衣爲伴。

首句直詠新冠，重點在其輕薄，不礙頭髮，戴之若有若無。

次句詠練布單衣，亦輕爽自在，可避塵而舒適。

三句似謂他人觀之，即使不能吟成詩句，亦足以取作畫材。

四句總結，又一次介紹自己：年八十一，逍遙於水、雲之間，自家亦恍若水與雲矣。

三三二、暮春

掠面微風吹宿醒，送春空有不勝情。

風煙老盡王孫草，時聽桑間少婦聲。（同上，頁3511）

此詩亦作於同時。

首句寫風與醉。此放翁之恆情。

二句寫送春之情。「不勝」上應「空有」，此旨遂完滿無缺。

三句又用《楚辭》句意：王孫草「老盡」，主人翁亦垂垂老矣。主客呼應，此之謂也。

四句有突破：在桑林中乍聞採桑之少女少婦咕噥聲，此一幅春景之美麗補綴也。

三三三、同題之二

祓除已過暮春初，綵舫相銜十里餘。

浮蠟喜嘗新店酒，流塵閒拂壞垣書。（同上，頁3512）

首句據《周禮・春官・宗伯》：「女巫掌歲時祓除釁浴。」鄭玄注：「歲時祓除，如今三月上巳如水上之類。」

首句謂此時祓除，已是三月上旬之末。

次句詠綵舟，蓋清明節到矣。

三句爲部分倒裝句：喜嘗新店之酒，酒面如浮蠟。

四句亦爲倒裝句：閒拂壞垣書上之流塵。

首二句寫週遭風景及民俗，次二句詠己身生涯。「壞垣書」雖不免夸飾，亦別有滋味。

三三四、夏秋之交小舟早夜往來湖中絕句

橫林渺渺夜生煙，野水茫茫遠拍天。

菱唱一聲驚夢斷，始知身在釣魚船。（卷六二，頁3553）

此詩開禧元年夏秋間作於山陰。

首句寫樹林，以「渺渺」形容之，亦新鮮。一般用「渺渺」多形容水或天空。

二句寫野水，相對成趣。「遠拍天」比「夜生煙」更有氣韻。

三句以菱舟女歌興起，驚及放翁之夢。

四句以身在釣舟作結，切題。

此詩可謂用逆述法成篇。

林、水、菱唱圍繞一舟一老人。

三三五、同題之二

雞頭纍纍如大珠，紅草綠荷風味殊。

天與楊梅成二絕，吾鄉獨有異鄉無。（同上，頁3554）

雞頭，芡實也，北燕謂之薆（菱），青徐淮泗謂之芡，南楚江湘謂之雞頭。

首句以大珠爲喻頗切。

次句以紅草、綠荷葉爲陪襯。

三句以楊梅搭配菱芡。

四句以我鄉獨有作結。

詠物之詩，未免有情。

三三六、同題之三

酒旆搖搖出竹籬，扁舟遠赴野人期。

一天風雨晚來惡，落盡白蓮渾不知。（同上，頁3555）

首句酒旆配竹籬，寫岸上風景。

次句以「扁舟」爲主角，眞正的主角——放翁自己——反而若隱若現。「野人」，鄉居友人也。

三句一轉，由晝而夜，以風雨爲軸心。

四句由三句引出，落盡白蓮是殺風景事，寫來卻煞是輕鬆。

眞正的主角又隱伏在「渾不知」中。

三三七、同題之四

七月湖中風露新，臨流閑照白綸巾。

荷花折盡渾閑事，老卻蓴絲最惱人。（同上）

首句詠季節，而以「風露新」概括一切。

次句寫詩人之閒情，照水看自己的白綸巾，亦是一種趣味。

三句之荷花折盡，與上首之「落盡白蓮」相應合，「渾閑事」亦即「渾不知」。二用「閑」字，而不嫌其重複。

四句一轉：老卻蓴絲，損我口腹之欲，則不免懊惱矣。由張翰到陸游，同是蓴之愛好者。

瀟瀟灑灑寫來，喜怒哀樂都蘊含一些。

三三八、同題之五

> 娥江道上欲三更，垣屋參差閉月明。
> 倚柁賦詩無傑思，斷腸分付棹歌聲。(同上，頁 3556)

曹娥江在會稽縣東南七十里，源出上虞縣，當年曹娥投江救父而死，故名。

首句因曹娥故事而生色不少。

次句寫夜星，用「閉」字清新。

三句主人翁出現了，倚櫂賦詩而不愜。

四句由內轉外，寄託愁腸。自然流洩的棹歌，反成詩人的恩物。

「斷腸」可上應「娥江」。

三三九、同題之六

> 秋來湖闊渺無津，旋結漁舟作四鄰。
> 滿眼是詩渠不領，可憐虛作水雲身。(同上)

首句詠秋天的湖水，因闊渺而不見津渡。

二句結漁舟為鄰，頗有新意，卻不失自然之致。

三句謂漁舟、漁人不能領悟大自然賜予的詩意，此際舟與人合一矣。

四句謂漁舟或漁人均為水雲之間的生命，可惜悟性不足，未能領會天地之美。

此詩別出一格。

三四〇、閒居書事

老人初起厭囂喧，塵几從教鼠迹存。

赤腳平頭俱遣去，倚牆危坐嚥朝暾。（卷六三，頁3608）

此詩開禧元年，閏八月作於山陰。

首句自抒，甚為清晰。

次句寫鼠迹，平易近人，且不失幽默感。

三句詠遣僕，卻以「赤腳平頭」代大小僕人，也不失風趣。

四句「倚牆危坐」，試思此一八十老人之形象！「嚥朝暾」又莊嚴，又美妙。

三四一、同題之二

買魚賒酒皆高興，野店溪橋圖畫中，

從此衰翁自行耳，不須多事喚蠻童。（同上）

首句買魚、賒酒之樂，十分平民化，亦可與「待朝暾」並比。

二句詠景自得。

三句猶上一首之首二句加四句。

四句猶上一句：第三句。

幽居其實不怕喧囂，幽居儘多閒事。

三四二、記乙丑十月一日夜夢

夢裏江淮道上行，解裝掃榻喜新晴。

店門邂逅綈袍客，共把茶甌說養生。（卷六四，頁3642）

此詩開禧元年十月作於山陰。

夢詩最自由，然此作恍然真情真景。

首句江淮道上，亦放翁常行之途。

次句完全是旅途風光。

三句綈袍為厚繒所製之袍，戰國時須賈途逢范雎，見其貧寒，曾贈一綈袍。此處雖不必用須、范典，亦可視此客為不同尋常之人物。

四句把茶談養生之道，何等灑脫！

似夢非夢，正是好詩材。

三四三、龜堂偶題

　　　文章何物求渠力，詩亦安能使汝窮？

　　　春水一池花百本，此生未易報天公。（卷六五，頁3706）

　　此詩開禧二年春作於山陰。

　　首句謂文章無用。

　　次句謂詩不能窮人，當然亦不能貴人。按詩窮而後工之說，自北宋歐陽修以來，甚囂塵上，余曾有〈詩窮而後工說探究〉一文，收入天華出版公司之《中國文學批評論集》（68年6月版），可以參酌，此處乃說反面話。

　　三句轉向大自然之美景。

　　四句謂天生萬物多美好，吾安享之，難報天公之恩德。

　　相對而言，文乎詩乎，渺不足道也。

三四四、晚春東園作

　　　雨餘木葉綠成陰，一日身閑直萬金。

　　　習氣自嫌除未盡，鳥啼花落尚關心。（卷六六，頁3728）

　　此詩亦作於同時。

　　首句以木葉成蔭代表大自然美景。

　　次句爲全詩主題之正面揭示。

　　三句似由反面說，然所謂「習氣」，或正是「身閑」之一部分。弔詭。

　　四句之「鳥啼花落」與木葉成陰何殊！

　　正正反反，自成禪境。

三四五、老學菴北窗雜書

　　　本慕修眞謝俗塵，中年蹭蹬作詩人。

　　　即今恨養金丹晚，且向江湖把釣緡。（卷六七，頁3792）

　　此詩開禧二年秋作於山陰。

　　首句自白謝俗。次句一承一轉，中年不得志，乃退爲詩人。

　　三句又憾養身修道太晚，未能有得。

四句向江湖垂釣。

姜太公乎？嚴光乎？問放翁，亦未必自知，或只能付之一笑。

此詩歷歷落落，其旨趣乃在俗人──詩人──釣翁之間。

三四六、秋興

　　晨興秋色已淒淒，咿喔猶聞隔浦雞。

　　說與閽門謝來客，要乘微雨理蔬畦。（卷六八，頁3810～3811）

此詩開禧二年秋作於山陰。

首句兼述時序與時間。

二句倒裝：猶聞隔浦雞之伊喔聲。「猶」字有「雞鳴不已於風雨」之微意。

三句請門子不通來客。此避世之言也。

四句說出正面意思：秋來雨到，我仍關心於田園之事。

此放翁晚年自在生涯之典型寫照也。

三四七、村居閑甚戲作

　　題詩本是閑中趣，卻爲吟哦占卻閑。

　　我欲從今焚筆硯，興來隨分看青山。（卷六九，頁3851）

此詩開禧二年冬作於山陰。

首二句弔詭有趣，吟詩爲閑中之趣，若適度運作，有助於生活情調；但若過分爲之，則占卻閑暇時間，反而失卻悠閑的情味了。

三句承而轉：既然吟詩如此，後遺症不小，則不如焚筆墨而戒詩，以絕後患。

戒絕吟詩之後又如何？四句正面說出答案：

看山。而且隨分爲之──隨時隨地隨興。

此詩起承轉合，甚爲綿密。

三四八、枕上聞雨聲

　　小雨廉纖不濡土，忽聞簷溜喜無窮。

　　斷知不作西山餓，多稼如雲在眼中。（卷七十，頁3911）

此詩開禧三年春作於山陰。

首句寫春雨，「不濡土」有意思。

二句一轉：小雨變大了。

三句再轉：以伯夷叔齊之餓死首陽山故事作小引，以反面口氣說之。其實夷齊之餓，非天下無糧，乃心中無糧也。豈可混淆視聽？但是詩人無賴，有時偏偏追求「無理而妙」的境界。

四句正說：因春雨變大，濡土潤物，今年豐收可期，乃用稼如雲正喻之。

三四九、秋晚雜興

禹巡吾國三千歲，陳迹銷沉渺茫中。

豈獨江山無定主，苔磯知換幾漁翁？（禹廟）（卷七一，頁3964）

此詩開禧三年秋作於山陰。

首句禹巡三千歲，真正擡高了大禹的身價，莫非這三千年來，大禹始終是吾邦人民之守護神？

次句謂禹廟銷沉在一片渺茫中，世人能紀念大禹者幾希！

三句一轉，大開大闔。江山代有帝王出，數百年一更，數十年一換，不一而足。

四句又衍至民間：同一苔磯，幾換漁翁？或一年而換，或數年而更。

人間滄海桑田，不可勝訴，與禹何干？與禹廟何干？

三五〇、小室逃暑

千頃菰蒲萬里風，漁翁散髮臥孤篷。

何如此室才尋丈，常在冰壺雪窖中？（卷七二，頁3985）

此詩開禧三年秋作於山陰。

首句寫景如畫，氣勢萬千。

二句一漁翁佔盡風光。

三句一轉，標榜斗室，正切題意。

四句之「冰壺雪窖」，只是夸飾之比喻。豈若今日有冷氣空調之設備乎？

此時已屆秋季，恐為秋老虎作祟，故須逃暑也。

三者（一物：菰蒲，二人：漁翁、詩人自己）交配，完成詩境。

三五一、不寐

一竿江渚寄沉冥，衰病侵凌失鬢青。

困睫日中常欲閉，夜闌枕上卻惺惺。（卷七三，頁 4026）

此詩開禧三年冬作於山陰。

首句詠冥默垂釣，如柳宗元〈江雪〉中之漁翁。

次句自述衰老之狀。

三句承而小轉：日中悶睏，雙睫欲閉。

四句轉換時間：夜深之時，人在枕上，若有所悟。「惺惺」出自《景德傳燈錄卷五・西京光宅寺慧忠國師》：「惺惺直然惺惺。」

昏、悟之間，一塵之隔。

三五二、歲晚

久矣功名不上心，亦無心要老山林。

鹿門采藥悠然去，千載龐公是賞音。（卷七四，頁 4072）

此詩亦作於同時。

首二句直接揭出放翁晚年心境：既不仕於朝，亦不隱於山。他只是過田園生活。

《後漢書・逸民龐公傳》：「後遂攜其妻子，登鹿門山，因採藥不反。」

然則既欲效漢之龐公，採藥於鹿門山，非隱居山林而何？

讀者須細品二句之「無心」。

無心則仕隱皆無殊異，無心則自得自在。

三五三、挾書一卷至湖上戲作

買地孤村結草廬，蕭然身世落樵漁。

一編在手君無怪，曾典蓬山四庫書。（卷七五，頁 4129）

此詩嘉定元年春作於山陰。

首句直述買地造屋。

二句以「蕭然」始，以「落」字當動詞，似有遺憾的意思。這在八十多歲放翁的詩裏，並不多見。

三句詠讀書，下半句說「君無怪」，亦有些怪。

四句指嘉泰二、三年間官秘書監。

其實讀書是放翁一生的嗜好之一，何必定扯上做秘書監的事！以弱筆收結，不可諱言是放翁絕句的常見缺點之一。

陸游生平之喜愛，可歸納爲九：

一、讀書，

二、寫詩，

三、建功業，

四、遊山水，

五、飲酒，

六、交友，

七、躬耕，

八、撫愛兒女，

九、賞玩花草，

三五四、春遊

　　沈家園裏花如錦，半是當年識放翁。

　　也信美人終作土，不堪出夢太匆匆。(同上，頁 4138)

此詩嘉定元年春作於山陰。

陸游娶唐琬，夫婦和諧，不當母意，乃出之，二人情感仍在。後適南班名氏家有園館之勝，游一日至園中，琬聞之，遣送黃封酒果饌，游感動，爲賦〈釵頭鳳〉詞，甚爲感人，琬和之，有「世情薄，人情惡」之句，未幾，怏怏而卒，沈氏小園在紹興禹跡寺南。

首句詠沈園之花之景。

次句將花擬人化，謂爲我之老友。

三句暗詠唐琬。

四句足成之，「幽夢太匆匆」，其中眞有無限情意。

三五五、水亭

　　水亭不受俗塵侵，葛帳筇床弄素琴。

　　一片風光誰畫得，紅蜻蜓點綠荷心。（卷七六，頁 4176）

　　此詩嘉定元年夏作於山陰。

　　首句提昇水亭身分。

　　次句詠自己在亭中的床帳琴。「弄」字自在。

　　三句可謂之「墊句」，平抑而弱。

　　四句重振雄風：七字中二顏色字，二物，外加一「點」字爲動詞，頗爲鮮活生動。

三五六、同題之二

　　莫道山翁老病侵，靜中理得舊傳琴。

　　朝來有喜君知否，雨展芭蕉二尺心。（同上，頁 4177）

　　首句自抒，用「莫道」有力。

　　次句又寫琴。

　　三句再問君——「君」，其實乃虛設之傾訴對象。

　　四句展出重心事件：雨滴芭蕉。不用「滴」、「響」諸字，卻用「展」字，甚爲傳神。「三尺心」似滯而實活。

　　一琴一雨蕉，相和相應。

三五七、讀史

　　馬周浪迹新豐市，阮籍興懷廣武城。

　　用捨雖殊才氣似，不妨也是一書生。（卷七七，頁 4186）

　　此詩嘉定元年夏作於山陰。

　　首句詠唐人馬周西遊長安，宿於新豐逆旅。主人唯供商販而不顧待，周遂命酒一斗八升，悠然獨酌，主人深異之。

　　次句寫阮籍一日登廣武，觀楚漢戰處，歎曰：「時無英雄，使豎子成名！」

此二故事，一寫儒將之灑脫，一抒詩人之胸懷，放翁並用之，殊有剪裁之妙。

三句合之。

四句作出判決：書生之氣遍寰宇。

此詩自具卓見。

三五八、讀史

緗帙牙籤滿架書，流泉決決竹疎疎。

人生得志寧無命？一室何妨且掃除。（卷七七，頁4196）

此詩亦作於嘉定元年夏，且與前首同題，但並不是作於同一天。

首句寫書架上藏書之琳瑯滿目。

次句詠室外流泉、修竹，真書生雅士之居也。

三句興慨，可謂陸游一生之塊壘。放翁始為志士，終為詩人，豈非命乎！

四句轉為溫和：不能平治天下，暫且安居於此，掃除斗室以自怡。

所讀何史，所感何人，完全不交代。蓋三句之七字已說盡一切。

此為詩中之留白法。

三五九、秋思

秋雲易簇日常陰，西望山村每欲尋。

屏掩數峯臨峭絕，蛇蟠一徑入幽深。（卷七七，頁4211）

此詩嘉定元年秋作於山陰。

首句詠天候，在多雲與陰之間，正是登臨涉水的好天氣。

次句遙望山村，「欲尋」之，「欲」字恰到好處。

三句之「屏掩數峯」應為「數峯如屏掩」之倒裝句，配以「臨峭絕」，質地甚稠密。

四句用「蛇」為借喻，此句較諸「一徑幽深如蟠蛇」佳妙不少。

純寫景詩，仍有人在焉。

三六〇、仲秋書事

　　　　天心那得與人同，牲社家家禱歲豐。

　　　　料理蝗餘猶十五，殘年亦未委溝中。(卷十八，頁 4230)

　　此詩亦作於同時。

　　首句拔前，說出一番哲理來。

　　次句才是真正的首句：村中家家禱求年豐。

　　三句指嘉定元年五月之浙江大蝗災，此謂料理蝗災十消其五。

　　四句自慰。

　　此詩揚揚抑抑，揚中有抑，抑而復得小揚。

三六一、同題之二

　　　　斷雲歸岫雨初收，茅舍蕭條古渡頭，

　　　　短褐老人垂九十、松枯石瘦不禁秋。(同上)

　　首句詠雨後光景。

　　次句續之；「蕭條」二字為主調。

　　三句自抒，然此年放翁才八十四歲，卻說「垂九十」，純屬夸飾之辭。

　　四句用了兩個比喻：松之枯，石之瘦，以喻詩之主人，甚為妥貼。末三字再一抑，亦順乎自然也。

三六二、詹仲信出示卜居詩佳甚作二絕句謝之之一

　　　　十里相望亦未遙，何由頻得慰無聊？

　　　　老來萬事慵開眼，獨喜詩盟不寂寥。(卷七八，頁 4253)

　　此詩亦作於同時。

　　詹騤，字晉卿，淳熙二年廷試第一，以文學政治聞，仲信為其族人。是游晚年時相往來之友。其交往詩始見於開禧元年。

　　首句謂二人所居相距約十里。

　　次句示微憾之意，亦有期盼之意。

　　三句為一人生之宣示。「慵開眼」，陸游真老矣！

　　四句抑後之揚。詩家結盟，重神不重迹。「不寂寥」才是主旨所在。

三六三、村舍

露草乾時兒牧羊，朝日出時女采桑。

一床絮被千萬足，不解城中有許忙。(卷七八，4260)

此詩嘉定元年秋作於山陰。

首句詠兒兼寫時令。

次句詠女兒。

三句詠自己的基本生活狀況。

此三句皆以一物爲重心：羊、桑、絮被。

四句乃主題所在：人生至簡，何必日夜忙碌？

三六四、醉書

天公賦與五湖秋，風月雲煙處處留。

損食一年猶可健，無詩三日卻堪憂。(卷七九，頁4307)

此詩嘉定元年冬作於山陰。

首句實寫，充滿饜足之情態，由「賦與」二字即可得知。

二句補足之。「處處留」亦甚興酣。

三句詠減食，恐爲老人生理之自然現象。「猶可健」，自慰語。

四句無詩則憂，老人心智之頑健由此可知。

輕物質而重精神，本是如放翁輩詩人之常態恆情。

三六五、讀唐人愁詩戲作

少時喚愁作底物，老境方知世有愁。

忘盡世間愁故在，和身忘卻始應休。(卷八十，頁4311)

此詩嘉定元年冬作於山陰。

此詩雖以「讀唐人愁詩」命題，其實不是讀後感，乃是一首獨立的哲理詩：說愁。

首句謂少年不解愁爲何物。

二句說老時方知眞愁。一正一反，一反一正。

三句一轉：忘愁。

四句更進一步：忘愁尚嫌不足，忘身乃是徹底之道。

全詩起承轉合，軌轍分明，而主題新鮮。

三六六、同題之二

清愁自是詩中料，向使無愁可得詩？

不屬僧窗孤宿夜，即還山驛旅遊時。(同上)

此詩乃典型讀後感，亦可命名爲：愁與詩。

首句直述，合情合理。

次句夸飾，不甚在理。陸游豈忘自己諸多憂國愛民之「愛國詩」乎？

三句、四句並轉與合。

僧窗孤宿夜、山驛旅遊時，俱與旅遊他鄉有關，似又把「愁」的定義縮小了。

詩人狡獪，欲大欲小，任其信手拈來，恣意發揮。

詩窮而後工，不必有排他性也。

三六七、讀陶詩

陶謝文章造化侔，篇成能使鬼神愁。

君看夏木扶疎句，還許詩家更道不？(卷八十，頁4327)

此詩亦作於同時。

首句之「謝」，純屬陪襯。若僅以陶詩論，「造化侔」三字已帶夸飾成分，謝詩則更不克當。

次句尤其誇張。吾亦愛陶詩，然不甚以爲然。鬼神不愁，雅人喜悅。杜甫謂李白「詩成泣鬼神」則較切當。

三句用陶潛〈讀山海經〉句：「孟夏草木長，繞屋樹扶疏。」

四句又誇張。如「夏木」句，王孟韋儲柳輩，皆能爲之也。放翁自己，亦偶得於此。

淵明至宋，已成詩界偶像。放翁此作，亦當視爲粉絲頌歌。

三六八、花下小酌

　　　柳色初深燕子回，猩紅千點海棠開。

　　　鰲魚蔬菜隨宜具，也是花前一醉來。（卷八一，頁 4372）

　　此詩嘉定二年春作於山陰。

　　首句詠柳，兼及于燕。

　　次句全詠海棠。與首句綠、黑、紅相配襯。「猩紅千點」氣勢非凡。

　　三句魚茉為小酌之輔。

　　四句切題而抒，可惜句勢稍弱，語盡意盡。

三六九、贈倪道士

　　　羽衣暫脫著戎衣，坐定方驚語入微。

　　　歸隱玉霄應不出，他年容我扣嚴扉。（卷八二，頁 4407）

　　此詩嘉定二年夏作於山陰。

　　倪道士不詳，顯然是一位由道士轉為軍人的特殊友人。

　　首句說明其身分。

　　次句詠他的言行。

　　三句一轉：玉霄峯在浙江天台縣北三十五里洞天宮上，重崖疊嶂，松竹蔥蒨，且產香茅，世稱小桐柏，此宮在天台院中。此句謂此位道士似不應從戎，而應隱居於幽幽玉霄宮中。

　　四句預設他年親自來訪之情景。

　　稱譽之餘，似有微憾焉。

三七〇、窗下戲詠

　　　三尺清池鏡面平，翦刀葉底戲魚行。

　　　吾曹安得如渠樂，傍渚跳波過此生？（卷八二，頁 4415）

　　此詩嘉定二年夏作於山陰。

　　首句用鏡喻池，喻體、喻依並出。

　　次句用白居易〈湖上閑望〉句：「菰葉風翻綠翦刀。」亦是喻依、喻體並出，但次序相反，此亦詩中之變化技巧也。

「魚」在中心。

三句始發議論：以人比魚。

四句正面描寫魚之樂，魚之單純的幸福。

此詩亦可推爲哲理詩。

三七一、夏日

　　謝客捐書日日閑，行穿密竹臥看山。

　　巖前恨欠煎茶地，安得茆茨一小間？（卷八二，頁4428）

此詩嘉定二年夏作於山陰。

首句捐書（束書不觀也）、謝客（閉門拒客也），幾乎與外物一一斷絕，此「閑」果然不同凡響。

二句行穿密竹、臥而看山，皆是親近大自然的行爲，一動一靜。

三句一轉：仍有缺憾：燒茶品茗之所。

四句持續其義，改用問句。

陸游本不缺小茅屋，但欲加建一間於山前竹外耳。

三七二、雨中

　　孤村風雨連三日，秋暑如焚一洗空。

　　睡覺房櫳燈漸暗，卻尋殘夢雨聲中。（卷八三，頁4463）

此詩嘉定二年秋作於山陰。

首句直述風雨之背景。

二句再述風雨之功效。

二句一轉，由外而內：半夜醒來，只見房中油燈已沉暗。

四句一揚：雨聲不歇，殘夢似未遠去，故可乘此情境，一一尋緝之。

所謂雅人深致，不在方寸之外。

三七三、題畫薄荷扇

　　薄荷花開蝶翅翻，風枝露葉弄秋妍。

　　自憐不及狸奴點，爛醉籬邊不用錢。（卷八三，頁4464）

此詩嘉定二年秋作於山陰。

首句寫薄荷花，兼以蝴蝶襯輔之。

二句更加寫枝葉風露。「弄秋妍」其實兼括以上四物——一動物三植物（枝葉可分可合）。

三句一轉，引出另一動物來：狸奴，即貓；按貓以薄荷爲酒，故自然而然地接首句。

四句作合：人不如貓，牠自然地採薄荷爲酒，因而爛醉於籬邊，不需耗費一文。

此爲遊戲詩，取其趣味耳。

是畫卻成詩。

三七四、病後小健戲題

行年九十未龍鍾，慚愧天公久見容。

醉解病人詩解瘦，不如世世作春農。（卷八四，頁 4482）

此詩亦作於同時。

首句「行年九十」，又是夸飾之辭，此年放翁才八十五歲。

二句實抒心臆。天公容人長壽，殊不易也。以當時人壽之平均值而論，大約四十餘。

三句謂酒能使人病，詩能使人瘦。酒多飲必傷身，詩多作，則多絞腦汁，故易消瘦。

四句又一轉：詩酒雖好，放翁一生嗜之，然而皆有後遺之症，不如世世代代作農夫，既可濟生，又可養身。「春農」甚好：著一春字，一語雙關。

題曰「小健」，亦妙。

三七五、新晴

雨葉玲瓏曉日明，經旬風雨得初晴。

欹眠歇盡人間念，時聽幽禽一兩聲。（卷八四，頁 4482）

此詩嘉定二年秋作於山陰。

首句寫葉寫曉日。因雨後不久，故葉上猶多雨滴。

次句補述實際氣候狀況。首二句可視作逆序句。

三句主角出現：「欹眠」實即高枕而臥。「歇盡人間念」乃忘我忘世。

四句以幽禽鳴聲作結。兩句寫景一句抒情，再以一句情景交融收結，也是陸游的慣技之一。

「一兩聲」尾隨「人間念」之後，更見雅潔之致。

三七六、嘉定己巳立秋得膈上疾近寒露乃小愈

小詩閑淡如秋水，病後殊勝未病時。

自翦矮牋勝斷稿，不嫌墨淺字傾欹。（卷八四，頁4492）

此詩亦作乎同時。

首句用喻入神。陸游晚年之詩作，確確實實當得起「閑淡」二字。

二句詠自己病後靈感豐沛，源源不絕，且別有興致。詩人在病後，每有一種神奇的力量。

三句老人剪牋勝稿，自是動人之景，「矮」、「斷」相諧。

四句墨淺（淡）字斜（與老花眼有關），更是傳神。「不嫌」二字，又添瀟灑之意。

三七七、同題之二

清泉白米山家有，鹽酪猶從小市求。

寸步須扶本常事，細書妨讀卻閑態。（同上）

此詩一共說了四件事，一句一事，把陸游自己晚年的生活立體化了。

一詠泉米，主食也。

二詠鹽酪，副食也。

「山家」、「小市」不但對仗頗工，而且渲染出此際生涯之主要輪廓。

三詠行走扶杖。

四詠讀書——因字小妨眼，不免愁從中來。

酒與山水，盡在不言中矣。

三七八、梅市書事

　　羸馬孤愁不可勝，小詩未忍付瞢騰。

　　一聲客枕江頭雁，數點商船雨外燈。（同上，頁4512）

　　此詩亦作於同時。

　　梅市，在會稽（紹興）府城西十五里，屬山陰縣梅市鄉。

　　首句羸馬應為自喻之辭，故緊接「孤愁不可勝」，一副顧影自憐的模樣。

　　次句瞢騰，謂神識不清明狀。此句乃自謙語，不無幽默感存焉。「未忍」二字尤令人忍俊不住。

　　三、四句寫景緊密：景中有情焉。

　　三句應為「客枕聞得一聲雁叫」之倒裝句。

　　四句船、雨、燈結為一片，大有張繼〈楓橋夜泊〉「江楓漁火對愁眠」之風味。

　　後二句聲形俱王，造境卓特，而「燈」字尤可反擊「瞢騰」二字。

三七九、殘菊

　　殘菊一枝香未殘，夜窗拈起百回看。

　　過時只恐難相笑，我是三朝舊史官。（卷八五，頁4525）

　　此詩嘉定二年冬作於山陰。

　　首句破題，首二字即用題字。「香未殘」亦可視作弔詭語。

　　二句作者出一動作，雖不免夸飾，猶能動人。

　　三句一轉，實承二句：菊過時，人亦過時，猶有殘香，故難相笑也。

　　四句補充說明己之「過時」，但猶有若干自傲自詡之神色。

　　按陸游在紹興三十一年（三十七歲）官玉牒所；次年（三十八歲）九月，改任編類聖政所檢討官；淳熙十六年（六十五歲）七月，任實錄院檢討官。

　　此詩菊與人合一。老年心情，盡羅此中。

三八〇、示兒

死去元知萬事空，但悲不見九州同。

王師北定中原日，家祭無忘告乃翁。（卷八五，頁 4542）

此詩嘉定二年冬十二月作於山陰，是陸游生平的最後一首詩。

次年一月，他便溘然仙逝了。

首句是陸游晚年悟道之語，看似尋常，得來不易。

次句詠平生志業：北伐統一中原，是放翁一生最大的願望。

三句似轉實承：這也代表了陸游堅強的決心和信心。

四句合，莫忘告我！以慰我地下之靈。

老人臨終絕筆，其誠摯感人孰甚於此！

以上三百八十首七言絕句，其實未及其全部七絕之半，但由此已看出陸游七絕的特點：

一、陸氏生平，吟詠最多的有三類詩：（一）、愛國詩，（二）山水田園詩，（三）、閒情詩。七絕中愛國詩較少，後二者較多。

二、陸氏七絕，題材頗寬，載道（哲理）、言志、抒情、寫景、詠物、調笑俱全。

三、陸游之七絕，較少高亢之音。

四、七絕廿八字，常有語盡意不盡之致。

五、少數作品則語盡意盡。

六、常以二一一形式呈現。

七、亦有一二一或一三、三一的形式。

八、常用擬人法。

九、比喻和用典各約一半。

十、常用烘托法或反襯法。

十一、殊少運用頂眞格、複喻法、層疊法等，字句少是一個原因。

十二、詩中書及地方殊多，但終以故鄉山陰爲大宗，晚年尤其十九不離鄉。

十三、對家人——子女——時表關懷，但似未及於妻子。

十四、對大自然時時吟詠賞玩。

十五、對植物——尤其花卉——時相吟詠。

十六、對友人亦時表關心，每有唱和或對答之作。

十七、意象鮮明。

十八、文詞較平淡，甚少有濃詞豔語。

十九、起承轉合，泰半有序。

二十、偶有弱筆。

二十一、前後各詩時有重複之詩意。

二十二、時用倒裝或逆述筆法。

二十三、情景交融之作甚多。

二十四、陸游七絕，多爲中上品，時有上品作，偶有中下品。